Ex-Voto

LE SOUPIR DES ÂMES

À Eulalie, Laëtitia et Malo, mes précieux trésors.
C. de G.

Illustration de couverture :
Marine Gosselin.

mame

Direction : Guillaume Arnaud
Direction éditoriale : Sophie Cluzel

Édition : Marie Rémond
Direction artistique : Armelle Riva

Direction de la fabrication : Thierry Dubus
Fabrication : Marie Dubourg
Mise en page : Text'Oh (Dole)

57 rue Gaston Tessier, CS 50061, 75166 Paris Cedex 19
www.mameeditions.com

ISBN : 978-2-7289-3494-2
MDS : MM34942

CANDICE DE GASTINES

Ex-Voto

LE SOUPIR DES ÂMES

mame

Chapitre 1

Les marches du vieil escalier grincèrent, et Timothée vit son père apparaître dans le grenier. Enfin, juste ses jambes et une partie de son buste… C'est tout ce qu'il pouvait apercevoir de là où il se tenait, tapi dans un coin, le dos contre une poutre. Il distingua sa main glissant son téléphone au fond de sa poche de pantalon, et l'entendit annoncer :

– C'est bon, ils sont en route pour l'aéroport.

« Déjà ? » s'étonna Tim. Il avait l'impression que son père ne s'était absenté qu'une poignée de minutes seulement… Or, visiblement, il avait eu le temps de conduire oncle Jake, tatie Florence et leurs deux enfants, Sarah et Nolan à la gare d'Angers, puis de revenir. Tim n'avait pas quitté le grenier depuis que sa tante avait eu l'idée de venir retrouver de vieilles affaires avant leur départ. Il l'avait observée rire de ses photos de classe, s'émouvoir devant ses premiers rollers, son parapluie à pois violets… Puis il en avait profité pour fureter de son côté.

– Il faudrait vraiment faire un tri. Quel bazar !

Timothée tourna la tête. Sa mère scrutait le contenu d'un carton poussiéreux d'un air exaspéré. À l'autre bout, son mari embrassa du regard le bric-à-brac, s'attardant sur un cheval à bascule et une canne à pêche avec un sourire nostalgique.

– Ce sont des souvenirs. C'est important, les souvenirs.

– Oui d'accord, mais on ne va pas garder indéfiniment les rollers de ta sœur ! Ses médailles de natation synchronisée ! Sa collection de cailloux brillants ! Ce parapluie cassé ! Si elle tenait vraiment à ces trucs, elle n'avait qu'à les emporter !
– Enfin, Sophie… Ils habitent aux États-Unis. Elle n'allait pas s'encombrer de tout ça dans l'avion !
– Bien sûr… Du coup, c'est cette baraque qui est encombrée, de la cave au grenier !
Timothée rentra les épaules. Le ton commençait à monter… Il n'aimait pas ça.
– Et qu'est-ce que ça peut bien faire ? souffla son père avec humeur. Cette « baraque », comme tu dis, est encore celle de ma mère.
À cet instant précis, l'adolescent aurait préféré être une souris ou une araignée. Il aurait ainsi pu se faufiler le long des poutres, gagner la sortie et échapper à cette discussion qui tournait au vinaigre.
– Alors, il faudrait savoir ! explosa Sophie en pointant vers son mari le vieux parapluie d'un geste accusateur. On est ici chez nous, oui ou non ? On a tout quitté pour venir habiter cette maison : nos boulots, nos amis…
– Tu ne peux pas t'y sentir chez toi parce que tu n'as qu'une envie, c'est de retourner vivre à Paris, gronda son père.
Le parapluie atterrit rageusement dans le carton.
– Peut-être bien, oui.

L'instant d'après, Timothée était à nouveau seul dans le grenier, il respira plus librement.
Il regrettait déjà la présence de son oncle, sa tante et ses cousins. Pendant leur séjour, ses parents ne s'étaient presque pas disputés. Il faut dire que cette visite était exceptionnelle : cinq années s'étaient écoulées depuis la dernière fois qu'ils avaient traversé l'Atlantique pour se rendre ici, à Saint-Christophe-sur-Loire. Timothée avait à peine dix ans ; Sarah, six ; et Nolan, quatre. Et encore avant ça, c'était pour l'enterrement de Papy, il y avait dix ans. La prochaine occasion de réunir la famille serait peut-être celui de Mamie… À cette pensée, Timothée eut le cœur serré.
Depuis que sa grand-mère était hospitalisée, une atmosphère lugubre régnait dans sa maison. Elle avait beau être remplie – encombrée même, comme le répétait sa mère – Timothée la trouvait bien trop vide.
L'adolescent prit une grande inspiration pour calmer les battements de son cœur. Il ferma les yeux et savoura le silence du grenier. En relevant lentement ses paupières, son regard se posa sur la caisse métallique qu'il avait dénichée quelques minutes plus tôt. Maintenant qu'il était seul, il allait enfin pouvoir ouvrir cette malle. Les lettres « SGT CARON » peintes en capitales blanches sur le couvercle l'intriguaient. Peut-être contenait-elle des bandes dessinées de son papy Lucien ? Il avait hérité de lui cette passion, et il pensait pourtant avoir déjà trouvé

tous ses albums. D'une main tremblante de curiosité, il fit sauter les deux loquets.
Une odeur de renfermé lui monta aux narines. L'intérieur contenait tout un tas de choses, mais aucune B.D. Juste des souvenirs amassés, oubliés ici depuis des lustres. Un uniforme, des médailles… Du bout des doigts, le garçon saisit un paquet de lettres enserrées par un cordon de cuir. Sans avoir à les délier, ses yeux parcoururent les lignes manuscrites sur la première de la pile.

Corse, 13 mai 1944
Mon petit Lucien,
Je pense bien à toi en ce jour qui marque tes six ans. Ta maman m'a dit que tu savais lire de mieux en mieux, et aussi écrire. Je suis très fier de toi, j'aimerais beaucoup recevoir un prochain courrier de ta main. De mon côté, ici les températures sont déjà estivales, mais ni le chaud soleil ni la mer splendide ne peuvent me faire oublier combien vous me manquez. Embrasse bien ta maman et le petit Barnabé pour moi, prends soin d'eux en attendant mon retour.

Ton papa pour toujours

L'adolescent sentit un drôle de picotement dans son ventre. Il comprenait, à la fois excité et intimidé, que cette cantine renfermait tous les effets militaires du sergent Joseph Caron, son arrière-grand-père. Il tenait dans ses mains les courriers qu'il avait adressés à sa famille pendant la

guerre… Quand Papy n'avait que six ans ! Le regard de Timothée fut soudain attiré par un objet au fond de la malle. D'une vingtaine de centimètres de longueur, il était emballé dans un tissu épais qui cachait mal sa forme longiligne. Son cœur se mit à cogner dans sa poitrine. Se pouvait-il que ce soit… une arme ?
Avec une infinie précaution, il ôta le lainage qui l'entourait. Il suspendit son geste, muet de stupeur. Ce n'était pas du tout un pistolet, ni même un couteau.
Dans sa paume, au creux du tissu, il tenait une petite statuette en porcelaine. Tim n'eut aucun mal à reconnaître Notre-Dame de Lourdes : c'était exactement la même que celle de l'église de Saint-Christophe, en miniature. Un grand voile, une ceinture bleu pâle, les mains jointes et les yeux peints fixant le plafond. Il pouvait deviner les roses sur ses pieds nus, même s'ils étaient dissimulés par un étrange ruban que l'on avait enroulé tout autour de son socle. Quand il le fit glisser, un papier tomba à terre. Timothée se pencha pour le ramasser, ses yeux eurent juste le temps de lire le seul mot qui y était inscrit d'une écriture enfantine…

« Merci. »

Et tout disparut autour de lui.

Chapitre 2

Snif.

Un bruit dans l'obscurité… Comme un reniflement discret.
Timothée peinait à distinguer les contours de l'endroit où il se trouvait. Il n'osait pas bouger. En d'autres circonstances, il aurait demandé : « Il y a quelqu'un ? », mais d'expérience, il savait que sa voix ne serait pas entendue. Passé la surprise, il avait rapidement compris ce qui lui arrivait. L'étrange phénomène lui était coutumier, depuis quelque temps… Dès qu'il touchait un ex-voto, c'est-à-dire un remerciement adressé au Ciel, il était immédiatement propulsé dans le passé, et il devenait témoin de la scène qui en était à l'origine. Et le papier tombé de la statuette de la Vierge dans le grenier était visiblement un ex-voto.

Snif.

Il semblait que quelqu'un pleurait, à quelques pas de lui. « Il y a quelqu'un ? » finit-il par demander, dans le doute. Silence.
La pénombre fut soudain crevée par un rectangle lumineux. Une porte venait de s'ouvrir, une silhouette trapue se dessinait dans l'encadrement. Comme elle avança, une

lampe à pétrole à la main, Timothée put constater qu'il s'agissait d'une femme.
– Lucien ? Lucien, tu es là ?
Silence.
Elle promena sa lampe autour d'elle, et la lueur de la flamme dévoila peu à peu l'environnement. Tim se tenait dans une petite chambre meublée très sobrement ; un lit en bois, un pupitre et une commode, une unique fenêtre, dont les volets étaient clos. Dans une pièce aussi exiguë, on ne pouvait pas le manquer... Et pourtant, la femme ne sembla pas le remarquer. Il était non seulement inaudible, mais surtout invisible.
Des pas résonnèrent et une deuxième femme fit son apparition. Si elle semblait à peu près du même âge que la première, elle se distinguait par sa haute stature et le raffinement de sa robe.
– Il est introuvable, Madame, annonça la première.
– Cet enfant vient d'apprendre la mort de sa mère, soupira l'autre. Et son père ne donne plus de nouvelles du front depuis un mois...
– Oh, Seigneur... Lui et son frère ne vont pas être orphelins de leurs deux parents, tout de même !
– Il faut prier, Madeleine, prier pour que mon frère rentre sain et sauf...
Tout en disant ces mots, elle alluma une lampe posée sur la commode.
– Il est tard, Lucien doit se coucher. Continuez à le cher-

cher, Madeleine. Il est peut-être parti se cacher dans les combles.

Quand elles furent sorties, Timothée resta là, quelques instants, les bras ballants. Puis il y eut un nouveau reniflement... Et un raclement provenant de sous le lit. Enfin, une petite tête émergea du sommier. Tim retint son souffle en observant l'enfant se mettre debout avec peine. Ce garçon aux yeux rouges et aux joues inondées n'était autre que Lucien, son papy.

Pour l'heure, il semblait n'avoir que cinq ou six ans. Il essuya son nez avec sa manche, et sous le regard médusé de son futur petit-fils, il se dirigea vers la commode. Près de la lampe allumée par sa tante se trouvait une statuette à l'effigie de Notre-Dame de Lourdes, celle-là même que Tim avait trouvée dans la malle au grenier. Lucien se mit à la fixer intensément, les mains jointes, en chuchotant :

– S'il vous plaît, rendez-moi mon papa.

Il répéta plusieurs fois cette supplique avant qu'elle ne s'affaiblisse et qu'une sorte de brouillard ne s'installe. Quand il se leva, le décor avait changé.

Un quai de gare, en pleine journée. Timothée repéra immédiatement son aïeul, à deux pas de lui, en culotte courte et chaussettes hautes. Le petit garçon scrutait le bout de la ligne de chemin de fer d'un air anxieux.

– Le train va arriver, Lucien, ne t'inquiète pas.

À ses côtés, sa tante lui adressa un sourire rassurant, tout en berçant doucement le landau dans lequel dormait un bambin joufflu. Elle avait raison : un point noir fumant apparut à l'extrémité des rails. Un contrôleur en uniforme cria de s'éloigner de la bordure du quai. Par réflexe, Timothée s'exécuta.

Tourbillon de fumée, souffle de chaleur, crissement assourdissant, et enfin, la locomotive s'immobilisa au bout de la voie.

Le tumulte avait réveillé le bébé dans le landau, ses pleurs se mêlèrent aux éclats de voix sur le quai. Lucien balayait du regard le flot des voyageurs descendant des wagons, ses yeux s'arrondissaient dès qu'ils rencontraient une silhouette en uniforme. Soudain, il lâcha la main de sa tante pour s'élancer dans la foule.

– Lucien ! Lucien, reviens ! cria-t-elle en essayant de le suivre.

Peine perdue, le landau l'empêchait de se faufiler comme l'avait fait l'enfant. Timothée, lui, n'eut pas de mal à le suivre. Il le vit se jeter dans les bras d'un homme en uniforme. Il avait enfoui sa tête dans le cou de ce soldat moustachu.

– Mon Lucien, comme tu as grandi !

Le petit garçon ne desserrait pas son étreinte, il avait tant espéré ce moment.

– J'ai quelque chose pour toi, lui souffla son papa. Il lui tendit un petit livre à la couverture bleue.

Timothée se pencha par-dessus l'épaule de son grand-père pour distinguer le titre… À cet instant, la scène

perdit ses couleurs. Tout devint brusquement flou, et le grenier réapparut aux yeux de l'adolescent.
Un peu sonné, il s'affaissa le long de la poutre. Quelle émotion ! À la désorientation qui suivait chacune des irruptions dans le passé à travers les ex-voto, s'ajoutait cette fois un drôle de sentiment… Tim n'aurait su le définir très précisément : un mélange de joie et de confusion, couronné de la fierté d'avoir pu être témoin de sa propre histoire, d'une bribe de la vie de ses ancêtres. Il n'était même pas sûr d'avoir déjà vu une photo de son papy enfant !
Les yeux de Tim tombèrent sur la malle toujours ouverte. Peut-être en contenait-elle ? Il saisit le paquet de lettres resté bien en évidence, il songea à les lire toutes, ému à l'idée qu'elles puissent faire revivre un peu les deux êtres qu'il venait de quitter sur le quai. C'est alors qu'il aperçut le livre caché en dessous. Le bleu profond de la couverture était décoré d'un petit bonhomme au milieu des étoiles, annonçant son célèbre titre : *Le Petit Prince*.
Voilà le cadeau qu'avait reçu Lucien de son papa, lors de leurs retrouvailles.
En l'ouvrant d'un geste fébrile, Timothée découvrit quelques mots tracés à la main sur la première page.
« Ce qui donne un sens à la vie donne un sens à la mort. »
Antoine de Saint-Exupéry

Chapitre 3

Léopoldine regarda sa montre : 18 h 26. Cela faisait presque trois quarts d'heure qu'elle patientait. Elle soupira, résignée. Timothée ne viendrait pas.

Il n'avait même pas répondu à son message lui proposant de la rejoindre ici. D'ordinaire, il n'était pas très communicatif, mais depuis l'accident de sa grand-mère, il se montrait encore plus distant.

Elle sauta sur ses pieds pour se relever. Tim n'était pas là, et alors ? Elle n'avait qu'à y aller toute seule.

– Tant pis pour lui, souffla-t-elle en franchissant la petite porte.

Tant pis pour elle aussi… Elle préférait quand ils voyageaient ensemble. Une fois entrée, elle se sentit plus apaisée. Elle goûta la magnificence de l'architecture, se délectant du silence et de la fraîcheur qui s'y réfugiaient depuis des siècles. La modeste église de Saint-Christophe-sur-Loire n'avait rien à envier aux splendides cathédrales ou aux basiliques de renom. Elle était la gardienne du même trésor, elle y offrait la même paix.

Léo avait l'impression de connaître la courbe de chacune des voûtes par cœur, chaque ornement, chaque statue. Son endroit favori restait la chapelle dédiée à Notre-Dame de Lourdes, dans le transept gauche, là où sa tranquille piété avait laissé place à une expérience extraordinaire. La jeune fille s'approcha de la « belle dame », dont les yeux tournés vers le Ciel et les mains jointes disaient un peu de l'immensité du mystère qui se jouait en ces lieux. D'un geste lent, elle approcha ses doigts d'un ex-voto.

« *Reconnaissance à Marie, avril 1972.* »

Dès qu'ils frôlèrent la surface lisse et froide, l'environnement se fracassa. Le silence fit place à un vrombissement assourdissant, l'espace devint exigu, le froid, plus mordant.
Elle n'était plus dans la chapelle face à la vierge de plâtre, mais dans le cockpit d'un avion. Devant elle défilait un paysage verdoyant percé d'une étendue scintillante. Léo reconnut la vallée de la Loire, majestueuse, serpentant sous les ailes de l'appareil. Elle tourna la tête pour dévisager l'unique occupant aux commandes : un homme d'une trentaine d'années environ, mais ses lunettes de soleil et son casque empêchaient d'en découvrir beaucoup plus. Son sourire donnait cependant une idée du bonheur qu'il éprouvait en pilotant. La jeune fille ne connaissait pas grand-chose du monde de l'aviation, mais elle supposa qu'il s'agissait d'une machine destinée au loisir ou au tourisme. Une seconde, elle envia la liberté que devait ressentir le pilote. Elle tourna les yeux à nouveau sur le fleuve et ses abords. Toute cette étendue vert bleuté, boisée, riche, dense… Si elle n'était pas vraiment présente, elle les contemplait bel et bien. Petit à petit, elle

savoura cette chance et se laissa gagner par l'émerveillement.
Soudain, il y eut une secousse. Puis un retour brutal au silence… L'adolescente mit une seconde à comprendre ce qui clochait. Le vrombissement du moteur s'était arrêté. Là, sous leur nez, l'hélice s'était figée. Le pilote se mit à pester tout haut, actionna un levier, appuya sur plusieurs boutons, rabaissa le levier. Rien. L'avion tomba en piqué. Dans sa fulgurante descente, tous les gestes désespérés de l'homme semblaient beaucoup trop lents, vains. L'angoisse enserra la poitrine de Léopoldine, consciente pourtant qu'elle ne risquait rien, elle… Il fallait que l'avion redémarre, sans quoi le crash serait fatal pour l'aviateur !
– Sainte Mère de Dieu ! s'écria-t-il, se croyant perdu. Faites quelque chose…
La cime des arbres se rapprochait dangereusement… Il tentait de redresser l'appareil, en tirant de toutes ses forces sur le manche, puis martela de coups de poing le tableau de bord et ses multiples boutons. Enfin, le moteur crachota. L'hélice se remit à tourner. Dans un tremblement délicieux, l'avion cessa de chuter.
– Oh, Seigneur, souffla le pilote, vite il faut se poser…
Il n'osait croire à sa chance, ou plutôt au miracle qui venait de se produire, et craignait visiblement une nouvelle panne. Anxieusement, Léo guetta ce qui passait sous leurs yeux : les arbres, le bras de la Loire, encore un bois… Enfin, une vaste prairie !

L'appareil amorça une descente cette fois maîtrisée. Ses roues vinrent tracer un long sillage dans l'herbe, et après un dernier cahot, il s'immobilisa. Alors seulement, l'homme desserra sa poigne autour des manettes, et en soupirant bruyamment, s'enfonça dans son siège.
À cet instant, Léo quitta la scène. Brusquement de retour dans sa réalité, elle fut obligée de s'agripper sur le bord de l'autel de la vierge pour ne pas perdre l'équilibre. Ses sens avaient besoin d'atterrir, eux aussi. Elle souffla doucement, se réappropriant peu à peu l'environnement. Le silence, la pâle lumière émanant des bougies… Que d'émotions vécues à travers cet ex-voto ! Léo ne regrettait pas son excursion. Mieux, cela lui avait donné envie d'essayer de piloter un de ces engins, un jour.
Le sourire aux lèvres, l'adolescente leva les yeux vers le mur tapissé de plaques de remerciements. Ce phénomène était toujours aussi incompréhensible, mystérieux, incroyable… Son regard s'arrêta sur un ex-voto. Son sourire mourut. Elle avança, hypnotisée par cette plaque.

« *Merci Marie. 7 juillet 2014.* »

Elle ne remarqua pas le pas pesant du père Jacques, résonnant derrière elle. Lui, en revanche, l'aperçut. Il se demanda ce qu'elle faisait ainsi debout, derrière l'autel de la Vierge. Il l'observa pendant un moment, étonné par son immobilité. Elle semblait complètement absorbée par la contemplation des ex-voto… Il hésita à aller lui parler, puis se ravisa. Après tout, elle ne faisait rien de mal. Peut-être que les remerciements adressés à la mère du Christ la touchaient particulièrement et lui permettaient de mieux se recueillir. C'était le plus important.

Le prêtre se rappela soudain qu'il était venu récupérer son vêtement liturgique pour la célébration du lendemain, prévue dans une chapelle privée. Il tourna donc les talons, espérant que la jeune fille serait sortie avant son départ. Il n'aimait pas l'idée de pousser les fidèles hors de la maison du Seigneur. D'autant plus qu'à bien y réfléchir, il était quasiment certain de n'avoir jamais eu besoin de le faire.

Léo n'eut pas besoin de l'intervention du père Jacques pour quitter l'église. Elle s'enfuit au-dehors comme si le diable lui-même la poursuivait. Elle sortit sans se retourner, allant directement au bord de la Loire. À travers le rideau de ses larmes, elle scruta l'onde claire, maudissant sa traître tranquillité. Ses pensées filaient avec le courant, mais sa tristesse pesait comme une pierre tombée au fond de son cœur. De longues minutes passèrent. Quand soudain, dans le soir tombant, une voix retentit derrière elle.

– Léo, c'est toi ?

La jeune fille se retourna dans un sursaut. Les yeux embués, elle ne parvint pas à distinguer la personne qui s'approchait d'elle.

– Qu'est-ce que tu fais là ? Tout va bien ?
Léo essuya ses larmes d'un revers de manche. Un garçon brun se tenait devant elle, en tenue de sport. Elle mit une seconde avant de reconnaître ce visage rouge de sueur… Ah oui, bien sûr, Martin ! Un de ses camarades J.S.P. – jeunes sapeurs-pompiers.
– Hum, oui, ça va… Je me promenais, mais j'allais rentrer.
Martin l'observa avec une drôle d'expression.
– Je vais te raccompagner, dit-il enfin.
– Non, ce n'est pas la peine, t'inquiète. En plus, je suis à vélo.
– Ah, eh bien super, comme ça, je peux continuer mon footing à tes côtés !
Il se mit à trottiner d'un pied sur l'autre avec un sourire engageant. Léo hésita… Rentrer seule à ressasser ses idées noires ? Ou suivre Martin qui l'attendait obligeamment… Une ombre de sourire se dessina aux coins de ses lèvres.
– OK, allons-y.

*

– Ah, te voilà, toi ! Où étais-tu passé ?
Timothée avait fini par redescendre du grenier. En faisant

irruption dans la cuisine, mû par une faim grandissante, il se heurta à l'air renfrogné de son père.

– J'étais encore là-haut, avoua-t-il. J'ai trouvé des trucs qui appartenaient à Papy…

– T'as fait tes devoirs ? On va passer à table.

Le ton était désagréable, presque agressif. Le garçon se raidit, ouvrit un placard en marmonnant :

– Oui, oui, c'est bon…

Il attrapa trois assiettes et commença à les disposer sur la table. L'ayant vu faire, son père, tout en touillant énergiquement le contenu d'une casserole sur le feu, déclara sèchement :

– Tu peux en enlever une, Maman dîne chez une copine ce soir.

Tim resta un moment interdit, puis obtempéra en silence. Alors qu'il saisissait deux verres sur l'étagère, il demanda d'un ton détaché, espérant détendre l'atmosphère :

– Tu as déjà lu *Le Petit Prince* ?

La cuillère en bois cessa soudain ses cercles dans la casserole, et le père de Tim leva sur lui un regard intrigué.

– Pourquoi ? Tu dois le lire pour les cours ?

– Non, juste comme ça, pour savoir.

Après avoir éteint le brûleur et amenant la casserole à table, Paul Caron répondit simplement :

– Je l'ai lu quand j'étais enfant. Tiens, attrape-moi une bière dans le frigo, s'il te plaît.

Tim lui tendit une canette.

– C'est Papy qui t'a fait découvrir ce livre ?
Son père fronça les sourcils, concentré sur le remplissage minutieux des assiettes d'une généreuse plâtrée de spaghettis bolognaise à l'odeur délicieuse.
– Non, je ne crois pas, j'ai dû le lire à l'école, comme tout le monde. Tu sais bien que le truc de Papy, c'était plutôt les bandes dessinées. Allez, mange pendant que c'est chaud.
Le dîner avait beau être succulent, Timothée restait pensif.
– Tu te souviens de ton grand-père ? osa-t-il encore demander.
Paul Caron contempla les tourbillons de sa fourchette au cœur des lacets rouges et juteux, à son tour songeur.
– Pépé Joseph… Oh oui ! Pas un rigolo. Il n'était pas très bavard. En même temps, bon, il avait fait la guerre… Et puis il a perdu sa femme, ma mémé Louise, assez tôt, le pauvre. Il ne s'est jamais remarié, et il a élevé seul mon père Lucien et mon oncle Barnabé.
– Elle est morte de quoi, ta mémé Louise ?
Dans l'esprit de Timothée resurgit l'image de son papy Lucien, petit garçon, pleurant dans la pénombre de sa chambre.
– Oh, je ne sais plus exactement… Une maladie foudroyante, mais un truc qui se soigne très bien aujourd'hui avec des antibiotiques.

La légèreté de la réponse contrastait avec les scènes qui se rejouaient dans la mémoire de Tim.
– C'est terrible, finit-il par dire, un entortillement de pâtes suspendu à mi-chemin entre l'assiette et sa bouche.
– Pourquoi tu me demandes tout ça ?
Timothée ne répondit pas immédiatement, il engloutit d'abord les spaghettis que son bras maintenait depuis trop longtemps en transit dans les airs. En fait, il hésitait à dévoiler à son père sa trouvaille dans le grenier. Après tout, il n'avait pas l'air de connaître l'existence de la malle et de son précieux contenu. Fallait-il lui parler des lettres, de l'uniforme, de l'exemplaire du *Petit Prince* et de sa dédicace ? S'il le faisait, il obtiendrait peut-être des réponses. Mais peut-être pas… S'il le faisait, il perdrait surtout l'exclusivité sur ce trésor.
– Oh, dis donc, s'exclama soudain son père, y a match ce soir ! J'ai failli oublier. Quelle heure est-il ?
L'horloge numérique du four indiquait 20 h 56. Pas une minute à perdre. Voyant que les assiettes étaient vides, il les mit rapidement dans le lave-vaisselle et, sa bière à la main, il migra vers le salon.
– Tu viens regarder ? lança-t-il du canapé.
La question surprit un peu Timothée, alors qu'il entamait son yaourt, seul dans la cuisine. C'était sympa de le lui proposer.
– C'est qui contre qui ?
– P.S.G.-Bayern.

Français contre Allemands… Tim aurait pu se laisser tenter, pour une fois, car l'affrontement promettait d'être corsé.
– Non, j'peux pas, j'ai encore des trucs à finir pour demain, déclara-t-il en passant la tête dans l'encadrement de la porte du salon.
Son père lui lança un regard outré.
– Ah bon ? Je croyais que tu…
À cet instant précis, un coup de sifflet retentit à travers l'écran.
– Ah, ça y est, le coup d'envoi ! C'est parti…
Il avait fallu moins d'une demi-seconde pour que toute son attention fût complètement absorbée par le jeu.
Rendu dans sa chambre, Timothée alluma son ordinateur et tapa trois mots dans le moteur de recherche : « Livre *Petit Prince* ».

Il ignora les multiples sites de librairies en ligne : non merci, il n'avait pas besoin de se le procurer. Il s'arrêta en revanche sur les informations importantes qui ressortaient, notamment à propos de l'auteur, Antoine de Saint-Exupéry. Sacré bonhomme : une sorte d'aventurier-poète, à la fois aviateur et écrivain, dont la vie trépidante s'était achevée mystérieusement en 1944, après une mission de reconnaissance aérienne pour préparer la libération de la France. Son corps n'avait jamais été retrouvé, mais

l'avion qu'il pilotait, oui… Presque soixante ans plus tard, au fond de la Méditerranée.
Un cri deux étages plus bas fit soudain sursauter Timothée.
– Buuuuut !
Il souffla, rassuré. Apparemment, le P.S.G. menait le match. Il revint sur la barre de recherche et ajouta un mot :
« Livre *Petit Prince* dédicacé ».

815 000 résultats.
L'adolescent commença à cliquer sur les liens, à faire défiler les pages jusqu'à tomber sur une phrase…

« Un exemplaire du *Petit Prince* signé de la main de Saint-Exupéry aux enchères… »

Selon l'article, il n'existait qu'un très petit nombre d'exemplaires du *Petit Prince* dédicacés par son auteur.
Cette histoire, écrite en pleine Seconde Guerre mondiale, avait tout d'abord été publiée en 1943 dans une version anglaise, par un éditeur américain, parce que Saint-Exupéry avait dû se réfugier aux États-Unis après s'être opposé au régime politique de la France de Vichy.

« Les dédicaces ont toutes été effectuées à New York sur la traduction anglaise, avant que Saint-Exupéry ne s'envole pour l'Afrique du Nord, au printemps 1943. Il n'a qu'un désir : réintégrer l'armée de l'air et prendre part à la libération de la France. Avant son départ, son éditeur fait spécialement imprimer pour lui à la hâte un exemplaire en français du *Petit Prince.* Dans les mois qui suivent, il lui est impossible de s'en procurer d'autres à Alger, à cause de ses différends avec le général De Gaulle, et ses livres sont interdits en France par le régime de Vichy… »

Ainsi, dans les derniers mois de son existence, Saint-Exupéry ne possédait qu'un unique exemplaire en français du *Petit Prince.* Il y tenait énormément… Il ne le prêtait jamais. Même à ses plus proches amis, il le faisait lire uniquement chez lui, dans sa chambre.
Le cœur de Timothée se mit à battre plus vite tandis que ses yeux parcouraient les dernières lignes de l'article.

« Après sa disparition le 31 juillet 1944, cet exemplaire du *Petit Prince* n'a pas été retrouvé dans les affaires du célèbre pilote sur la base militaire. L'a-t-il emporté avec lui dans son appareil pour son dernier vol ? Ou l'a-t-il confié à quelqu'un qui le conserve secrètement depuis toutes ses années ? »

Tim contempla le livre à la couverture bleue, posé sur ses genoux. Son contact lui sembla brûlant, tout à coup… Et si… Et si c'était lui, l'exemplaire disparu ?

Chapitre 4

Bip. Bip. Bip.

L'entêtant refrain des machines, leurs entrelacs de fils sur les draps lisses… Timothée essaya de surmonter son angoisse et s'approcha du lit médicalisé.

– Bonjour, Mamie.

Le son de sa voix ne suscita aucune réaction, ni le baiser qu'il déposa délicatement sur son front. Les yeux clos, le visage serein, Mamie semblait dormir. Elle dormait, en quelque sorte. On ignorait juste si elle allait ou non se réveiller.

Bip. Bip. Bip.

Cela faisait des semaines, maintenant. Depuis cette maudite chute dans l'escalier. La première fois que Tim avait pénétré dans cette chambre d'hôpital, c'était déjà ce triste spectacle, strictement identique. Sa grand-mère inconsciente, étendue dans ce lit, avec un enchevêtrement de branchements, de tubes sous le nez, le long de ses bras… Il avait été tellement impressionné qu'il n'avait pas pu avancer. Il était resté dans le coin, près de la porte, le souffle court.

Bip. Bip. Bip.

Timothée avait observé ses parents s'adresser à sa grand-mère, lui demandant si elle les entendait, si elle voulait bien sortir du coma. Comme si elle pouvait décider…
À mesure que l'espoir du réveil s'amenuisait, les visites s'espaçaient. Les parents de Timothée ne venaient plus que le dimanche, en fin de journée. Une manière de boucler la semaine sur cette dernière corvée. Alors qu'ils désertaient la chambre de Mamie, Timothée y prenait ses quartiers. Il s'y rendait désormais tous les jours après les cours, et il y passait tous les après-midi de ses week-ends. Il y faisait ses devoirs, expliquait-il à qui le lui demandait ; mais surtout, il noircissait ses carnets de dessins, à côté de la seule personne qui ne le lui avait jamais reproché, et qui ne le ferait jamais.
Mais aujourd'hui, il n'était question ni de leçons ni de dessins.
– J'ai apporté de la lecture… annonça Tim en sortant de son sac le petit livre bleu.

Bip. Bip. Bip.

Les premières fois, l'adolescent s'était senti bête à parler ainsi, sans que Mamie lui réponde. Sans qu'il sache si elle l'entendait… Même les médecins ne pouvaient pas en être certains. Mais petit à petit, Tim s'en était convaincu : elle l'écoutait. Oui, elle était encore là, à l'intérieur de ce corps immobile et défaillant.

– J'ai trouvé ce livre dans le grenier. Je… Je crois qu'il était à Papy.
Mais tu dois connaître l'histoire. Ça s'appelle *Le Petit Prince*.
Timothée connaissait ce titre, sans jamais l'avoir lu. Il préférait plutôt les bandes dessinées, habituellement, mais bon. Le livre n'était pas bien épais, et s'il avait plu à Papy, il ne devait pas être mauvais. L'adolescent entama donc sa lecture à voix haute :
– « *Lorsque j'avais six ans j'ai vu, une fois, une magnifique image…* »
Il se laissa bientôt happer par le récit, un peu loufoque, de cet aviateur tombé en panne dans le désert, de sa rencontre incongrue avec un petit garçon – un « petit prince » tombé d'une planète, qui lui demande de dessiner un mouton alors qu'il tente de réparer son appareil. Mamie ne le voyait pas, mais Tim fronçait souvent les sourcils au fil des pages. Notamment sur les dessins qui les agrémentaient… Il était mentionné « Aquarelles de l'auteur » au début du livre. Le style simple, presque enfantin, le déconcertait. Pourquoi Saint-Exupéry ou son éditeur n'avaient-ils pas fait appel au travail d'un véritable dessinateur ?
Et en même temps, dans cette histoire, les dessins prenaient vie. D'une caisse griffonnée sur un papier, le mouton demandé par le petit prince allait bientôt manger les mauvaises herbes qui poussaient sur sa planète.

Problème : il risquait de s'attaquer aussi à l'unique rose du petit prince.
– « … *Si quelqu'un aime une fleur qui n'existe qu'à un exemplaire dans les millions et les millions d'étoiles, ça suffit pour qu'il soit heureux quand il les regarde. Il se dit "ma fleur est là quelque part…" Mais, si le mouton mange la fleur, c'est pour lui comme si, brusquement, toutes les étoiles s'éteignaient !* »
La gorge de Timothée se serra sur ces derniers mots.

Bip. Bip. Bip.

« … *c'est pour lui comme si, brusquement, toutes les étoiles s'éteignaient !* » se répéta-t-il en contemplant sa grand-mère.
– Tu sais, murmura-t-il, j'aurais voulu te demander si Papy t'avait déjà raconté l'origine de ce livre. Comment pépé Joseph l'a-t-il obtenu ?
Il relut, pour la énième fois depuis la veille, la mention qu'il avait découverte sur la page de garde.

« Reynal & Hitchcock, New York, mai 1943. Exemplaire d'auteur. »

Un frisson lui parcourut l'échine, avec la même intensité que lorsqu'il avait compris ce que cela signifiait. Cet objet était unique. Il avait une immense valeur… Et personne ne savait qu'il était en sa possession.
Qu'il ait ou non été conscient de sa rareté et de sa cote,

papy Lucien avait gardé ce livre comme un trésor. Cela faisait des décennies qu'il dormait au fond du grenier, à l'insu de tous.

Pour satisfaire sa curiosité, Timothée avait écumé tout ce que pouvait lui révéler la malle de son arrière-grand-père. Il avait lu toutes les lettres, pas si nombreuses en réalité, car elles s'étaient arrêtées à la mort de sa femme. Bien que toutes émouvantes, aucune ne mentionnait le célèbre pilote écrivain, ni même le livre du *Petit Prince*.

En revanche, grâce à ses recherches sur Internet, il avait trouvé une information capitale, qui pouvait expliquer comment son pépé Joseph avait pu côtoyer Saint-Exupéry. Ils étaient tous deux dans l'escadron 2/33.

Mais cela n'expliquait pas pourquoi Saint-Exupéry lui aurait donné son unique exemplaire, si précieux. Si c'était pour l'offrir à Lucien, n'aurait-il pas fait une dédicace plus personnelle qu'une simple phrase sur le sens de la vie et de la mort ? Et si le sergent Joseph Caron avait été à ce point proche de Saint-Exupéry, il s'en serait sûrement vanté. L'anecdote aurait été racontée, ébruitée, ne serait-ce qu'au sein de leur propre famille.

Et en même temps, si pépé Joseph ne l'avait pas obtenu des mains de l'aviateur, comment serait-il entré en sa possession ? Est-ce qu'il aurait pu… le lui voler ? Peut-être l'avait-il subtilisé dans ses affaires, quand dans leur base militaire, le bruit avait couru que Saint-Exupéry n'allait pas rentrer…

Tim baissa les yeux sur la dédicace inscrite sur la première page, puis les releva sur Mamie.

« *Ce qui donne un sens à la vie donne un sens à la mort.* »

Qu'avait voulu dire Saint-Exupéry ? Ce mot était-il destiné à Papy, qui venait de perdre sa maman ? En tout cas, il lui sembla un instant que le célèbre aviateur avait écrit ces mots pour lui, à cet instant précis… Pour un garçon triste au chevet de sa grand-mère adorée.

Chapitre 5

Le jeudi midi, tous les élèves concernés par l'aumônerie devaient se rejoindre dans la salle 32. Concerné, Tim n'était pas encore certain de l'être tout à fait… Il se sentait un peu obligé d'y venir depuis qu'il s'en était servi comme excuse pour déjeuner en priorité au self avec Félix.

Leur repas avalé, son ami prit le chemin de son cours de théâtre, et Timothée vint encore une fois assumer une option qu'il n'avait pas vraiment choisie. S'il avait pu, il aurait préféré une option dessin ou peinture, mais le lycée de Saint-Christophe-sur-Loire n'en proposait pas.

Arrivé sur le pas de la porte, il balaya la salle du regard. Il repéra immédiatement Léo, assise à côté de Judie, son amie à l'éternelle tresse blonde. Cependant, la chaise qu'il avait occupée la dernière fois à leur côté n'était plus disponible. Un garçon brun s'y était assis… Un élève de seconde B, dont Tim ne connaissait pas le prénom, mais reconnaissait l'air assuré et la carrure de sportif. À en juger les rires de ses camarades, il était aussi drôle que sympathique.

Avec un pincement au cœur, Timothée franchit la porte pour s'installer tout au fond de la salle, aux côtés de trois jeunes collégiens. Les deux filles ne lui jetèrent même pas un regard.

Elles levèrent les yeux à l'arrivée du prêtre responsable de la pastorale. Lui ne passait jamais inaperçu, avec sa longue soutane noire. Don Louis-Marie remonta ses lunettes en écaille sur son nez fin, afin de mieux contempler son assistance.

– Bonjour à tous ! Est-ce que vous allez bien ?

Un confus brouhaha sembla répondre par l'affirmative. Tim, lui, resta muet dans son coin.

– OK, pour ceux qui en ressentiraient le besoin, vous savez que je suis toujours disponible pour discuter, tout comme les autres membres de la pastorale. Et sinon… Est-ce que vous aimez le chocolat ?

L'enthousiasme des élèves fut beaucoup plus franc cette fois.

– Génial, j'en étais sûr. Ça tombe bien, chers amis, car… nous allons vendre des boîtes de chocolats !

L'annonce suscita des petits rires et des soupirs de déception.

– Deuxième opération « Financement du pélé » ! déclara le prêtre. On arrive bientôt dans la période de l'Avent, tout le monde fait ses réserves de chocolats pour Noël. Plus vous en vendrez, plus le programme pourra être sympa… Donc proposez à votre entourage, mais n'hésitez pas à viser plus large : les professeurs, les associations sportives, les petits commerçants… Pour les plus motivés, vous pouvez même faire du porte-à-porte !

À cet instant, le garçon brun pencha la tête vers Léo et lui chuchota quelque chose qu'elle eut l'air d'approuver. Il leva ensuite le bras pour prendre la parole.

– M'sieur l'abbé, Léo et moi, on va vous en prendre trente boîtes, on essaiera de les vendre aux J.S.P. !
– Ah, voilà, super idée, Martin. Qui dit mieux ?
Tim se tassait de plus en plus sur sa table, essayant de se faire oublier. Une base de dix boîtes allait être attribuée à chacun. Comment allait-il bien pouvoir les écouler ? Auprès de qui ? Son esprit pensa immédiatement à sa mamie, qui adorait les chocolats. Il eut soudain envie de se lever et de partir. Mais au lieu de ça, il se contenta de tirer de son sac une feuille de papier, de la plier avec des gestes bien précis et appliqués. Il était si concentré sur son ouvrage qu'il n'entendit pas qu'on l'appelait.
– Timothée ?
Il releva la tête, confus. Tout le monde s'était tourné vers lui, la plupart avec le bras levé en l'air. Don Louis-Marie lui adressa un sourire bienveillant.
– Je faisais un petit sondage pour savoir qui allait participer au pélé. Tu penses être des nôtres ?
– Heu… Non, je ne crois pas.
Il croisa le regard de Léo, et essaya de ne pas se focaliser sur sa moue réprobatrice. Le prêtre aussi avait l'air déçu.
– Ah, c'est dommage. Le Sud, le soleil, les calanques… Ça va être à la fois dépaysant et ressourçant, je vous le garantis !
Tim était embarrassé. Que pouvait-il répondre à ça ? Il n'avait même pas écouté la destination du pèlerinage…
– Bon, en tous les cas, poursuivit don Louis-Marie, pour

ceux qui hésitent encore, vous avez un peu de temps pour vous décider. Nous avons avancé le départ en février. D'ici là, on vend un max de chocolats !
Comme l'attention générale s'était détournée de sa personne, Timothée reprit son pliage. Il ne prêta qu'une oreille distraite à l'enseignement du prélat, une histoire de sainteté, de modèles pour suivre le Christ… Une fois que le papier avait pris la forme voulue, il y fit courir ses crayons.
L'homme d'Église donnait toujours ses conseils pour se rapprocher de Dieu, mais l'adolescent dessinait. Il ne se posait pas la question de la proximité avec une entité invisible… En ce moment, il avait déjà du mal à entretenir le lien avec des personnes qui comptaient pour lui. Il se rendait présent pour Mamie, elle qui n'en avait certainement pas conscience, mais beaucoup moins pour Léo. Et celle-ci lui en voulait. Était-ce si surprenant que depuis l'accident de sa grand-mère, il n'avait plus tellement la tête à s'échapper à travers les ex-voto ? Pouvait-elle seulement imaginer ce qu'il traversait ? Son poignet se figea soudain à cette pensée. Oui, elle le pouvait…
La sonnerie retentit, suivie d'une cacophonie de raclements de chaises et de piaillements impatients. Profitant de la cohue, Tim se leva, empoigna son sac d'une main, et de l'autre, lança son avion de papier. Ce dernier n'avait pas terminé sa trajectoire que le garçon avait déjà filé. Il plana quelques secondes avant de retomber en piqué,

pour percuter le bout de la chaussure de Léo au moment où elle quittait sa place. Elle le ramassa, intriguée, tandis que Martin se mit à lorgner par-dessus son épaule.

– Qu'est-ce que c'est ?

Les ailes de l'avion étaient ornées d'un paysage crayonné, représentant une étendue très sombre, un ciel d'encre au-dessus de vagues collines désertiques. La forme nette d'un croissant de lune, deux ou trois points clairs… Et quand on ouvrait le dessin, en écartant les deux ailes, une phrase apparaissait, auréolée de mystère : « Les étoiles s'éteignent. »

– Je ne sais pas, murmura Léo.

*

Ce soir-là, Timothée était descendu du bus scolaire à son arrêt habituel – à savoir celui de l'hôpital. Il avait rejoint la chambre de Mamie, se pressant pour profiter de la dernière heure avant que les visites ne soient closes. Comme à chaque fois, il l'embrassa avant de s'installer dans le fauteuil à ses côtés. Il ouvrit le livre bleu à l'aide du marque-page qu'il avait placé – un ticket de cinéma qui traînait dans son sac – et commença à lire à voix haute.

– « *Le petit prince les regarda. Elles ressemblaient toutes à sa fleur. – Qui êtes-vous ? leur demanda-t-il, stupéfait. – Nous*

sommes des roses, dirent les roses. – Ah ! fit le petit prince… Et il se sentit très malheureux. Sa fleur lui avait raconté qu'elle était la seule de son espèce dans l'univers. Et voici qu'il en était cinq mille, toutes semblables, dans un seul jardin ! »
Timothée se tut.

Bip. Bip. Bip.

Il observa Mamie un instant. Allongée dans ce lit depuis trop longtemps, toujours aussi désespérément immobile et silencieuse, si on ne tenait pas compte du vacarme des machines tout autour d'elle.

Bip. Bip. Bip.

Pour couvrir ce bruit angoissant, Timothée reprit sa lecture plus loin.
– « *Je me croyais riche d'une fleur unique, et je ne possède qu'une fleur ordinaire. Ça et mes trois volcans qui m'arrivent au genou, et dont l'un, peut-être, est éteint pour toujours, ça ne fait pas de moi un bien grand prince…* »
La porte s'ouvrit soudain dans son dos. En se retournant, il s'attendait à voir une infirmière… mais un visage familier émergea derrière le battant.
– Maman ? balbutia Tim. Qu'est-ce que…
– Bonsoir, mon chéri. Je savais que je te trouverais ici.

En apercevant le livre posé sur ses genoux, elle eut un sourire étonné.
– *Le Petit Prince* ? C'est bien de lire ça, c'est une très belle histoire…
Le regard de sa mère mit Timothée mal à l'aise. Il était doux, mais entièrement braqué sur lui. Pas un œil vers le lit médicalisé…
– Oui, je pense que Mamie l'aime bien, déclara-t-il nerveusement.
Comme il avait tourné la tête et observait sa grand-mère, sa mère finit par faire de même.
– Si tu le dis…
Tim rangea le livre dans son sac. Pour le moment, il faisait profil bas. Si ses parents découvraient la valeur de cet objet, nul doute qu'ils estimeraient beaucoup plus intelligent de le revendre. « *Les grandes personnes sont comme ça* », dirait le petit prince. La mère de Timothée n'y prêta pas attention, trop occupée à surveiller sa montre.
– Tu voulais rester un peu seule avec Mamie ? risqua Tim.
La question parut la décontenancer.
– Hum, non, mon chéri… Il est tard. On y va, si tu veux bien.
L'adolescent se leva, déposa un baiser furtif sur la joue tiède et fripée de sa mamie, avant de sortir. Sa mère l'attendait dans le couloir. Ils quittèrent l'atmosphère étouf-

fante du bâtiment pour celle glacée et humide du soir tombant sur le parking.
– La voiture est par là, indiqua-t-elle.
Ils marchèrent en silence jusqu'au véhicule. Pas un mot au démarrage, ni pendant plusieurs longues minutes.
– Timothée, mon chéri, il faut que je te dise…
L'adolescent tourna la tête vers sa mère, alerté par le ton hésitant de sa voix. Elle fixait la route, les lèvres pincées.
– Tu as bien remarqué, poursuivit-elle, qu'en ce moment, avec ton père… Nous… Nous avons du mal à nous comprendre. Nos relations doivent s'apaiser. C'est pourquoi j'ai pris la décision de retourner vivre à Paris.
Timothée crut recevoir un coup de massue sur le crâne. Il y eut un moment de flottement. Un feu rouge, un redémarrage…
– Vous… Vous allez divorcer ? demanda-t-il enfin, la bouche pâteuse.
Elle ne répondit pas tout de suite.
– Je ne sais pas, mon chéri. En tout cas, nous avons besoin de temps. Et d'espace, chacun de notre côté. Ce sera mieux pour tout le monde.
Ils venaient d'arriver devant la maison. Tim ne savait plus quoi dire ni que faire. Il ouvrit la portière, sortit. Il se répétait les phrases qu'il venait d'entendre, songea à la dispute qui allait suivre, peut-être, quand ils seraient à l'intérieur. Alors seulement, il remarqua que le moteur tournait toujours. Il pencha la tête dans l'habitacle, juste

assez pour apercevoir que sa mère était toujours attachée, derrière le volant.

– Je ne descends pas, Tim. Mes affaires sont dans le coffre. Je… Je retourne à Paris dès ce soir.

Chapitre 6

Il y a des périodes dans la vie où rien ne paraît important. Ou plutôt, ce qui nous tombe dessus est si lourd que les préoccupations quotidiennes deviennent insignifiantes. C'était exactement ce que ressentait Timothée. Comment pouvait-il rester attentif aux paroles creuses des professeurs, quand celles de sa mère lui hantaient le cœur ? Et puis, si son esprit parvenait à en saisir des bribes au milieu du marasme, à quoi bon essayer de les noter ? Pour faire ses devoirs ? Pour avoir de bonnes notes ? Ça n'allait pas faire revenir sa mère. Ça n'allait certainement pas sortir sa grand-mère du coma.

Faire acte de présence en cours, déjà, lui semblait héroïque. Héroïque, et en même temps complètement inutile.

– Un héros a forcément un point faible.

Timothée n'était pas sûr de comprendre le sens de cette phrase. Il tourna la tête vers Félix, rencontra ses iris d'un bleu intense. Il le fixait avec un air si sérieux qu'il en fut un peu déstabilisé.

– Hum, tu veux dire que Theobald Wolf n'est pas invincible ?

Son ami hocha la tête, et la courte couette brune qu'il portait dans la nuque bougea en cadence.

– Évidemment, c'est ce qui le rend plus humain. C'est ce qui fait que le lecteur s'identifie à lui…

– Hé, silence, au fond là-bas !

La menace résonna dans la salle, plana sur la quarantaine d'élèves qui se trouvait coincée là, pour une heure d'étude entre deux cours. Si Félix profitait du créneau libre du fait de l'absence d'un professeur, c'était pour la classe de Timothée prévu dans leur planning hebdomadaire. Les occasions étant trop rares, les deux garçons s'étaient immédiatement arrangés pour se placer côte à côte. Ils avaient chacun sorti leur manuel de mathématiques, bien en évidence devant eux. Et entre leurs deux cahiers, Tim avait coincé son carnet de dessins. Félix pouvait ainsi admirer à loisir les ébauches de la bande dessinée qu'ils cocréaient.

– Il est balèze sur toutes tes planches, reprit Félix, un ton plus bas. À mon avis, faut un épisode où on le découvre plus vulnérable.

– Ouais, t'as raison, admit Tim.

– On peut par exemple imaginer que sa copine soit enlevée.

– Ah oui, Ludmila… Elle pourrait être enlevée par la horde de Kān.

– Mais à quel moment ?

La surveillante se leva et fit mine de venir vers eux.

– Dites donc vous deux, je répète : je ne veux plus vous entendre discuter !

Félix mit son bras sur le carnet et roula des yeux innocents.

– Mais M'dame, on s'aide pour nos exos de maths !
Son regard candide couleur lagon n'eut pas l'effet escompté. Parvenue devant leur table, la surveillante les toisa d'un air méfiant.
– Ah oui ? Ce sont des maths, ça, peut-être ? railla-t-elle en saisissant le carnet de dessins.
Timothée ouvrit la bouche pour protester, mais elle ne lui en laissa pas le temps.
– Hop, confisqué ! Je pense que vous parviendrez mieux à faire vos exercices, à présent. Et chacun de votre côté, je ne veux plus entendre un mot, sinon vous irez chercher ce carnet chez le proviseur.
Les deux garçons n'eurent d'autre choix que d'obéir. Félix lançait à Tim des coups d'œil navrés, tandis que celui-ci scrutait les moindres faits et gestes de sa tortionnaire. Qui était-elle, d'abord ? Elle était nouvelle, il ne l'avait encore jamais rencontrée dans l'enceinte du lycée. Il détailla d'elle tout ce qu'il pouvait apercevoir de sa place. Ses cheveux roux, presque rouges, coupés courts, entouraient son visage aux traits encore juvéniles. Elle ne portait aucun bijou, mais beaucoup de noir sur les paupières, et des tatouages dépassaient de son pull sur la peau de sa nuque.
– C'est qui, cette pionne ? demanda Tim entre ses dents.
– Elle s'appelle Amandine, je crois.
Elle vint se rasseoir nonchalamment derrière le bureau qui surplombait la salle. Mais elle ne posa pas le carnet.

Bien au contraire. Horrifié, Timothée la vit l'ouvrir et tourner lentement les pages avec ses longs doigts aux ongles écarlates. Il virait lui-même au cramoisi à mesure que se prolongeait cette immixtion dans ce qu'il avait de plus cher et de plus intime… Enfin, la sonnerie retentit. Tim bondit sur ses pieds, fourra dans son sac toutes ses affaires éparpillées sur la table.

– Je t'attends dehors… lui glissa Félix.

C'était en effet la pause déjeuner. La salle s'était vidée, Timothée se retrouvait seul face à la surveillante.

– Vous pouvez me rendre mon carnet, maintenant ?

– Je ne suis pas là pour faire la police des devoirs, répondit-elle avec un sourire crispé. Je dois juste m'assurer que ceux qui veulent étudier puissent le faire dans de bonnes conditions.

Tim hocha la tête.

– OK, oui, je comprends.

Elle gardait toujours le précieux recueil entre ses griffes vermeilles. Elle se mit à tapoter la couverture…

– Rien ne t'empêche de dessiner pendant les heures d'étude. D'autant que tu as du talent… Mais la prochaine fois, fais-le sans jacasser avec ton copain. Tu seras sans doute encore plus concentré.

Plusieurs sentiments se bousculèrent dans le cœur de l'adolescent. Il était à la fois flatté par le compliment, et déconfit de se faire réprimander comme un petit enfant.

– Une dernière chose…

Il s'attendait à ce qu'elle lui tende enfin le carnet, mais elle fit tout l'inverse. Elle l'ouvrit et désigna un dessin.
– Là, ce visage…
Timothée bouillait intérieurement. Il baissa les yeux sur ce qu'elle lui montrait et se figea.
– Ce visage, c'est Saint-Exupéry ?
Il laissa planer un long silence.
– Oui, finit-il par marmonner.
– Incroyable ! s'enflamma-t-elle. Je l'ai reconnu immédiatement. Tu es très doué. Et même son appareil, tout est fidèle dans les moindres détails…
Elle contemplait le dessin, subjuguée. Timothée émit un soupir agacé.
– Je dois aller déjeuner…
Elle eut un petit sursaut, puis avec une petite moue contrite, répliqua :
– Oh, oui, excuse-moi ! C'est juste que… Je… Je suis passionnée par le sujet. Je viens d'être embauchée ici. Mais je suis encore étudiante, j'écris une thèse…
Voyant que sa petite présentation n'avait pas l'air de susciter beaucoup d'intérêt chez le garçon, elle referma le carnet en secouant la tête.
– Ma thèse porte sur les aviateurs disparus au cours de la Seconde Guerre mondiale. C'est pour ça, tout ce qui concerne Saint-Exupéry, j'ai du mal à ne pas m'y intéresser.
Elle lui tendit enfin son carnet de dessins en concluant :

– Enfin bref, bravo pour ton coup de crayon, je te laisse aller déjeuner.

Timothée s'en saisit, grommela un « merci » et le fourra dans son sac.

Maintenant, il pouvait décamper… Mais il ne le fit pas, retenu par la question qui lui brûlait les lèvres.

– Est-ce que vous savez comment est mort Saint-Exupéry ? souffla-t-il.

Elle lui retourna un regard brillant.

– Ahaaa, la réponse n'est pas si simple…

Elle marqua volontairement une seconde de silence.

– Le 31 juillet 1944, il a disparu lors de sa dernière mission aérienne. Pendant des années, personne n'a su ce qu'il était devenu… Jusqu'en 2000, quand son appareil a été retrouvé au large de Marseille. On ignore ce qu'il faisait là, ce n'était pas sur son itinéraire. Et on suppose qu'il a été abattu par un avion allemand…

– Il ne s'est pas défendu ? Il n'a pas sauté en parachute ?

– Saint-Ex n'avait pas d'armement à bord, seulement des appareils photo. Il devait voler bas pour chercher des installations militaires et les photographier. Et puis, ce n'était plus un jeune pilote. Il avait vécu pas mal d'accidents d'avion qui lui avait laissé de lourdes séquelles physiques… Il ne parvenait même plus à fermer seul la verrière de son appareil, alors tout porte à croire qu'il aurait été incapable de déplier son parachute.

– Mais… Mais alors il n'avait aucune chance de s'en sortir ! s'exclama Timothée, interloqué.
Amandine hocha la tête avec un air pénétré.
– Il avait conscience des risques qu'il prenait.
La phrase écrite sur le petit livre bleu tournait en boucle dans l'esprit de Timothée. « *Ce qui donne un sens à la vie donne un sens à la mort.* »
– À votre avis, il savait qu'il allait mourir ? demanda-t-il, la gorge sèche.
– Sûrement. Il a fait des pieds et des mains pour obtenir une affectation dans son ancienne unité, le groupe 2/33. Il parlait très mal anglais, mais il avait appris par cœur une seule phrase qu'il répétait à l'état-major américain : « *I want to die for France.* » Et puis, les dernières semaines de sa vie, il était très pessimiste, voire désespéré par le sort de la France, et même de l'humanité en général. La veille de sa disparition, il a écrit une lettre qui comportait ces mots : « *Si je suis descendu, je ne regretterai absolument rien. La termitière future m'épouvante. Et je hais leur vertu de robots. Moi, j'étais fait pour être jardinier.* »
L'adolescent resta silencieux quelques instants, plongé dans sa réflexion.
– Tu as déjà lu *Le Petit Prince*, je suppose…
La question l'arracha brusquement à ses pensées.
– Heu, oui… Je… Merci pour les infos. Je dois y aller.
Alors qu'il s'apprêtait à franchir la porte, elle l'apostropha encore une fois.

– Attends !

Il s'immobilisa, tourna la tête.

– Moi aussi, j'ai une question, si tu permets. Pour ton dessin, tu t'es basé sur une photographie que tu as vue ?

– En quelque sorte…

– Alors, tu peux me dire qui est l'homme que tu as dessiné à côté de Saint-Ex ?

Timothée hésita avant de répondre :

– Oui. Il s'appelle Joseph Caron.

Elle fronça les sourcils, comme si elle cherchait ce nom dans sa mémoire.

– C'était mon arrière-grand-père.

Sur cette dernière précision, il quitta la salle.

Chapitre 7

– Mesdames, Mesdemoiselles, Messieurs, bienvenue à bord du TGV numéro 8592, à destination de Paris Montparnasse…

Les yeux rivés sur son billet électronique, Timothée remontait l'allée centrale à la recherche de sa place.

B56, B57…

Il s'arrêta brusquement, provoquant une collision avec un monsieur derrière lui visiblement pressé.

B58. Son siège se trouvait côté couloir… dans un carré. Quelle poisse ! Il allait passer tout le trajet avec trois inconnus, dont un enfant.

Comme on lui tapotait sur l'épaule pour lui signifier de bouger, Tim s'assit lourdement sur le fauteuil en moquette démodée que le sort lui avait tristement attribué sous le numéro B58.

– Pin-poooon, pin-poooon, pin…

En face de lui, le petit garçon de cinq ou six ans s'amusait à faire rouler un camion de pompiers miniature, tout en essayant de reproduire le bruit de la sirène par lui-même. Il fallait reconnaître qu'il y parvenait prodigieusement bien, au grand dam des passagers. Sa mère lui chuchotait de le « faire moins fort », tandis que son père, à côté de Tim (et surtout de la fenêtre), était penché sur sa tablette et se contentait de ponctuer les sirènes de

« chut » sifflants. Il n'y avait plus qu'à espérer que la musique pourrait couvrir tout ce boucan.
Tim vissa son casque sur ses oreilles. Les premières notes s'y déversèrent alors que derrière la vitre, les derniers voyageurs se pressaient pour monter. Certains proches encore sur le quai adressaient leurs ultimes marques d'affection avant le départ. Le train se mit en branle, les visages s'éloignèrent, les bâtiments gris de la gare disparurent.
Il fila bientôt à travers la campagne angevine, mais Timothée ne pouvait pas vraiment profiter du paysage. Il était aux premières loges en revanche pour admirer les manœuvres que le camion de pompiers opérait sur la table centrale, la bande-son en moins.
Alors qu'il suivait des yeux les allers-retours du véhicule rouge rutilant au son de sa musique préférée, il songea soudain à Léo. Elle devait être en ce moment même à la caserne de Saint-Christophe pour son entraînement de jeunes sapeurs-pompiers. Elle, et Martin. Ils devaient passer beaucoup de temps ensemble, entre les J.S.P., l'aumônerie, la vente de chocolats de Noël…
Imaginer leur complicité grandissante, assis seul dans ce train qui l'emmenait affronter une réalité encore trop dure à accepter… Timothée eut soudain mal au cœur. Comme cela ne passait pas, il résolut d'éteindre sa musique.
– Pin-poooon, pin-poooon, pin…
Les pépiements de l'enfant lui donnèrent vite la migraine.

Il finit par se lever, et, son sac sur l'épaule, il remonta le wagon pour atteindre les toilettes.

L'odeur rance et l'exiguïté de l'espace accentuèrent sa nausée. Il se passa un peu d'eau sur le visage, puis farfouilla dans la poche avant de son sac à la recherche d'un chewing-gum à la menthe. Ses doigts rencontrèrent une masse informe en tissu, et il se demanda mentalement de quoi il s'agissait. En la tirant devant ses yeux, cela lui revint immédiatement en mémoire… La petite statuette de Notre-Dame de Lourdes. Il ne savait même pas pourquoi il l'avait emportée. C'était un peu ridicule… Fébrilement, il ôta le pan de tissu qui la recouvrait. Les doux traits peints de son visage apparurent, incongrus dans cet endroit. En une seconde, Tim avait changé d'avis. Non, ce n'était pas ridicule. Il savait très bien, au fond, pourquoi il la trimballait dans son sac. C'était de ça, plus que de n'importe quelle pastille à la menthe, qu'il avait besoin.

Il effleura le petit ex voto de papier qu'il avait pris soin de replacer sous le socle… Alors le réduit des W.-C., avec son revêtement gris plastique et son odeur fétide, s'évanouit soudain.

Combien de temps les toilettes de la rame furent-elles indisponibles ? Suffisamment pour qu'une personne se soit mise à tambouriner à la porte quand Timothée revint dans sa réalité.

Il ouvrit, complètement sonné. Comme un automate,

il alla se rasseoir à sa place. Il remarqua à peine le camion de pompiers immobilisé sur la table, et son conducteur endormi sur les genoux maternels. Il passa la fin du trajet plongé dans ses pensées, les images de son papy enfant tournaient en boucle dans son esprit, et une phrase en écho…
« S'il vous plaît, rendez-moi mon papa… »
Enfin, le TGV s'immobilisa, provoquant l'effervescence de ses passagers. Timothée ne se pressa pas pour descendre. Sa mère l'attendait, emmitouflée dans sa grosse doudoune beige. Quand elle le vit, elle lui adressa un signe de la main avec un petit sourire crispé. Alors qu'il avançait vers elle, Tim ne pouvait s'empêcher de comparer ces retrouvailles avec celles du passé, entre Papy et son papa. Un quai de gare, beaucoup de monde, un flot d'émotions. Mais ici, pour lui, peu d'effusion, et surtout, pas de père. Ici, dans sa réalité, il pouvait ressentir le vent glacial qui s'engouffrait dans le hall de la gare Montparnasse pour lui givrer le cœur.

*

– En cas d'arrêt cardiaque, il faut procéder au massage et au bouche-à-bouche.
Le caporal Binet promena son regard sur les jeunes sapeurs-pompiers, rassemblés autour de lui. Il était satis-

fait de constater qu'en ce samedi matin, malgré l'heure matinale, il avait toute leur attention.

– Le cœur agit comme une pompe qui envoie le sang et l'oxygène aux autres organes. Quand il s'est arrêté, le massage cardiaque et le bouche-à-bouche permettent de continuer cette distribution, jusqu'à la prise en charge de la victime par l'équipe de secours.

À la suite de son explication, l'instructeur demanda aux adolescents de se mettre par groupe de trois. Léo se rapprocha de Camille, et Martin de Léo.

– Je vais passer vous distribuer les mannequins sur lesquels vous allez vous entraîner, déclara le caporal.

– Ah ? fit Martin, surpris. On ne le fait pas pour de vrai ? Dommage…

Camille émit un petit rire en rougissant. Léo fit celle qui n'avait rien entendu et se contenta d'attraper le buste en plastique quand on le leur présenta. Elle voulait rester très concentrée sur cette leçon pratique des gestes de premiers secours. On ne cessait de le répéter : en les connaissant et en les effectuant le plus vite possible, ils peuvent sauver des vies. Et pour l'adolescente, rien ne comptait plus que cela.

– Comment savoir si le massage cardiaque est nécessaire ? reprit l'instructeur. Premièrement, la victime est inconsciente. Elle ne réagit pas au son de votre voix, aux stimuli par le toucher. Deuxièmement, elle ne respire plus. Pendant au moins dix secondes, vous vérifiez si un souffle s'échappe de la bouche ou du nez, si le thorax se soulève. Enfin, on écoute le battement du cœur, ou on prend le pouls. S'il n'y a rien, on procède au massage cardiaque. Vous placez vos deux mains l'une sur l'autre comme ceci, sur la poitrine…

Léopoldine s'était positionnée au-dessus du mannequin, et scrutait les gestes du caporal dans les moindres détails. Elle opéra les quinze premières pressions avec la désagréable impression que, s'il s'était agi d'une véritable personne, elle lui aurait fêlé toutes les côtes. Elle colla ensuite ses lèvres sur la bouche en plastique froid et dur, et y insuffla deux bouffées d'oxygène. Puis elle reprit les pressions sur le thorax avec énergie. Elle enchaîna ainsi le massage et le bouche-à-bouche pendant un certain temps, et elle aurait continué si la voix de son supérieur n'avait pas ordonné :

– Allez, on tourne. Au suivant !

Sous l'œil médusé de ses deux camarades, Léo s'arrêta enfin. Elle s'assit au sol, et sentit ses muscles se détendre d'un coup. Tout en reprenant son souffle, elle observa Martin effectuer l'exercice à son tour.

C'était éprouvant physiquement, mais cela devait aussi l'être mentalement, en réalité. Léo essaya d'imaginer qu'il s'agissait non pas d'un mannequin en plastique, mais d'une personne en chair et en os… Pire, une personne de sa famille.

« Constater qu'elle ne respire plus… Que son cœur ne bat plus. Quelle angoisse… »
Elle songea alors à Timothée. Il avait vécu cela avec sa grand-mère. Enfin, elle ne savait pas exactement s'il s'était agi d'un arrêt cardiaque… Juste qu'elle avait fait une chute chez eux et qu'il avait appelé les secours. Depuis, elle était plongée dans le coma… Et lui se montrait plus inaccessible que jamais.

Chapitre 8

– Ça se passe bien quand tu vas chez… quand tu vas voir Maman ?

Timothée serra les dents. Le lapsus de son père lui provoqua un pincement au cœur, une sensation semblable à celle qu'il éprouvait à chaque fois que quelque chose lui rappelait que ses parents étaient séparés.

– Oui, grommela-t-il.

Entre ses doigts, l'oignon qu'il essayait d'éplucher lui résistait. À ses côtés, dans la cuisine, son père réduisait en émincé son premier oignon.

– Alors pourquoi tu fais la tête ? insista-t-il. Je pensais que tu serais content qu'elle vienne…

Tim sentit ses yeux s'embuer, et son agacement s'accroître d'un coup. Pourquoi cette peau était-elle si fine ? Pourquoi ce légume produisait-il une substance aussi agressive ?

– J'fais pas la tête, marmonna-t-il enfin. Ce sont les oignons…

La sonnette de la porte d'entrée interrompit soudain leur conversation.

– Tu y vas ?

L'adolescent ne se fit pas prier. Il abandonna le bulbe récalcitrant sur la table, se lava rapidement les mains avant de se précipiter dans le vestibule. En ouvrant la

porte, il découvrit sa mère sur le seuil, un grand sourire aux lèvres.
– Joyeux Noël, mon chéri !
– Salut, Maman.
Il s'effaça pour la laisser entrer. Elle l'embrassa en passant, et son parfum, si familier, lui chatouilla les narines.
– Que je suis contente que nous passions le réveillon ensemble !
– Oui, je... Nous aussi, répondit-il d'une voix sourde.
Alors qu'elle pénétrait dans le salon, elle s'arrêta et mit sa main sur sa bouche, comme horrifiée.
– Quoi ? s'alarma Tim. Qu'est-ce qui se passe ?
– Mais enfin, mon chéri... C'est ça, le sapin de Noël ?
Elle explosa de rire, et Timothée, soulagé, ne put s'empêcher de sourire à son tour. Deux jours plus tôt, son père avait rapporté un arbuste, qui devait être le dernier du magasin. On pouvait aisément imaginer pourquoi personne ne l'avait choisi : il était à la fois minuscule et complètement décharné.
– On l'a quand même décoré ! se défendit-il.
Quelques boules pendaient mollement aux extrémités des branches, une guirlande lumineuse serpentait entre les aiguilles fatiguées, et son faible clignotement semblait envoyer des signaux de détresse.
– Oui, je vois ça...
– Bonjour, Sophie.
Le père de Timothée venait d'entrer dans la pièce.

– Bonjour, Paul, répondit-elle en se retournant.

Pendant un instant, les deux parents restèrent debout à se toiser, sans oser esquisser un geste. Pas d'embrassade, pas de signe d'affection particulier, tout juste un sourire crispé.

– Quelle est cette odeur ? demanda soudain la mère de Tim, le nez plissé.

Le père de Tim se tapa le front.

– Mince ! Les oignons caramélisés…

Il fila dans la cuisine.

– Je parie qu'ils sont plutôt carbonisés, à ce stade, s'esclaffa-t-elle en direction de son fils.

Il lui retourna un sourire tendu. Il ne savait pas quoi penser de ce réveillon tous les trois. S'il avait du mal à accepter la récente séparation de ses parents, il ne parvenait pas à faire taire cette petite voix intérieure qui lui soufflait que ça allait tourner au désastre.

– Tu restes combien de temps ? demanda-t-il nerveusement.

– Hum, je dois rentrer demain. Je travaille le 26 au matin.

Elle avait l'air navrée. Tim était presque rassuré.

– Tu veux que je monte ta valise ?

– Oh, oui, avec plaisir !

Comme il saisissait l'anse du bagage et commençait à monter l'escalier, elle précisa d'une voix mal assurée :

– Tu… Tu peux la mettre dans la bibliothèque.

L'estomac noué, Timothée s'exécuta. Il posa la valise à côté du canapé-lit, remarquant qu'il avait été garni de draps propres. Il se retourna de plus en plus gêné. Sa mère, percevant son malaise, le saisit par les épaules et l'entraîna vers le couloir.
– Allons voir si ton père a besoin d'aide.

Les oignons n'étaient plus comestibles, mais l'alléchante dinde au four semblait promettre qu'ils pourraient s'en passer. Les desserts, étalages de décorations dorées et de chocolat râpé, attendaient sur un coin du plan de travail.
– Il n'y a plus qu'à éplucher quelques patates et faire une entrée.
La mère de Tim se lança dans la confection d'une audacieuse salade composée, tandis que lui s'attelait à l'épluchage. Son père s'absenta quelques instants. Il y eut d'étranges bruits dans l'entrée, un mélange de chuintements et de froissements… Puis il revint, la mine satisfaite, pour terminer de peler les pommes de terre.
En attendant la fin de la cuisson, ils retournèrent tous les trois au salon, où des paquets étaient apparus au pied du sapin rachitique. Difficile de manquer notamment une masse énorme, entourée de papier étoilé.
– Pour toi, Tim, indiqua son père avec un air enjoué.
En arrachant le papier cadeau, l'adolescent découvrit un guidon, une selle, et bientôt, un nouveau V.T.T. rutilant, accompagné d'un casque tout neuf.

– Celui qui appartenait à Papy montre quelques signes de faiblesse, il me semble.
– C'est vrai. Merci, Papa.
– Il te plaît ?
– Oui, il a l'air vraiment super.
Timothée essaya de ne pas penser à la dernière fois où il avait reçu un deux-roues, mais à moteur… Un scooter qu'il adorait, et qui avait accidentellement sombré dans la Loire, trois mois plus tôt. Un vélo, c'était bien aussi.
– Tiens, ça aussi, ça va bientôt t'être utile, déclara sa mère en lui tendant une enveloppe bleue.
Il l'ouvrit, intrigué.
« Nous certifions que monsieur Timothée Caron est inscrit dans notre établissement, l'école de conduite Bournazeau. Âge de l'élève : 15 ans révolus. Début des cours de code : janvier 2020. Début des cours de conduite : à définir… »
– Oh, merci, Maman !
– C'est de notre part à tous les deux, le vélo et le permis, précisa-t-elle. Moi, je t'ai aussi trouvé ça, à Paris.
Dans le second cadeau qu'elle lui donna, il découvrit un nouveau carnet de dessins et des crayons à mine graphite. Quand il les eut remerciés tous les deux, ses parents s'offrirent à leur tour des petits présents. Un nouveau tire-bouchon pour lui, un livre pour elle. À la tête qu'elle faisait, Timothée devina que sa mère devait déjà l'avoir lu.

– Allez, trinquons ! s'exclama son père, en utilisant son cadeau pour ouvrir une bouteille de vin blanc.
Pour l'occasion, Timothée fut autorisé à boire le fond d'un verre avec eux. Puis ils passèrent à table. La salade audacieuse se révéla être un succès, et la dinde aux pommes de terre rôties, un délice. Au cours de leurs discussions, la mère de Timothée donna des nouvelles de ses parents : ils se trouvaient actuellement en Écosse pour les fêtes de fin d'année.
– On devrait les inviter, l'an prochain pour Noël, suggéra son père.
Elle dodelina de la tête, comme si elle pesait mentalement le pour et le contre de cette proposition.
– C'est une bonne idée, intervint Tim, rendu plus loquace par le fond d'alcool qu'il avait bu. Avec un peu de chance, Mamie pourra peut-être aussi le fêter avec nous, l'an prochain.
Ses parents se lancèrent le même regard désemparé.
– Tu sais, Tim, commença sa mère, il… il est presque certain que Mamie ne reviendra jamais habiter ici. Il faut commencer à se faire à l'idée.
À ces mots, son père tiqua.
– Enfin, Sophie, ne dis pas ça. Il a le droit d'espérer… On a tous besoin d'espérer.
– Oui, si tu veux, soupira-t-elle. Après tout, c'est Noël.
Il fronça les sourcils, blessé par son ton moqueur.

– Ce n'est pas la question. Noël ou pas, il se pourrait vraiment qu'elle sorte du coma.

– Vraiment, Paul ? railla Sophie, agacée. Combien de temps va-t-on encore servir ces salades ? Timothée n'est plus un bébé. Il peut entendre la vérité. On lui *doit* la vérité, même.

Tim rentra la tête dans les épaules. La catastrophe tant redoutée était en train d'exploser, entre le fromage et le dessert.

– Ah oui, et c'est quoi, la vérité, selon toi ?

Sophie Caron avait posé sa fourchette, et d'un ton froid, elle déclara :

– Même si elle se réveille, Mamie sera toujours atteinte d'Alzheimer. Sa mémoire va continuer de défaillir. Sa vie et la nôtre vont se compliquer de plus en plus.

Silence. Timothée lança un coup d'œil à son père. Il semblait anéanti face à la cruauté de cette annonce, face à sa terrible vérité. Elle n'avait pas touché au couteau, pourtant il sembla qu'elle le remuait dans la plaie.

– Actuellement, elle est maintenue en vie artificiellement à l'hôpital. Peut-être qu'elle souffre, nous ne savons pas. Ce qui est sûr, c'est qu'elle prend la place d'une personne qui, peut-être, aurait plus de chance de se réveiller. Une personne qui aurait encore toute la vie devant elle…

– Sophie, nous en avons déjà parlé… Je suis incapable de faire une chose pareille.

Comme ses deux parents se défiaient du regard, Timothée n'y tint plus.
– De faire quoi ? cria-t-il, presque malgré lui.
– Vas-y, dis-lui, souffla son père.
Un long silence plana, puis sa mère dit doucement :
– De la laisser partir.
D'un bond, Timothée se leva. Sans même se retourner, il s'enfuit de la maison, laissant derrière lui les cris, essayant de semer toute l'horreur qu'il venait d'entendre.

Chapitre 9

Les rues de Saint-Christophe-sur-Loire étaient désertes. Dans l'obscurité de la nuit brillaient la lueur incertaine des guirlandes clignotantes, et l'éclat vif des fenêtres d'où s'échappaient des bribes de mélodies et de rires. La joie de Noël contrastait cruellement avec la tristesse qui régnait dans le cœur de Timothée.
Il frissonna dans son sweat à capuche. Dans la précipitation, il avait quitté la maison sans attraper son manteau. Pour essayer de se réchauffer, il se mit à courir.
Autour de lui, tout semblait irréel, à l'exception de la froideur mordante qui le poussait en avant. Soudain, un halo indistinct captura son regard. Il ralentit et leva les yeux. L'église se dressait devant lui, son clocher pointant vers le ciel étoilé. À travers les vitraux incandescents, un chant perçait dans la nuit.
« *Glooooooria… In excelsis Deo…* »
Sans vraiment réfléchir, Tim s'approcha et poussa l'une des portes latérales. Il fut surpris par la foule amassée sur les bancs. Il n'y avait pas assez de place et de nombreuses personnes se tenaient debout dans les transepts. Cela faisait un moment qu'il n'avait pas assisté à la messe, mais il ne se rappelait pas y avoir déjà vu autant de monde.
Alors qu'il s'apprêtait à battre en retraite, son regard en capta un autre… Des iris ardentes, dans lesquelles il lut

de la surprise, ou était-ce de l'amusement ? Peut-être un peu des deux. Léo lui sourit, et lui fit signe de la rejoindre. Il hésita, mais pas plus d'une seconde. Il referma le battant derrière lui, abandonnant la solitude et le froid glacial pour cette chaleureuse atmosphère. En essayant de ne pas attirer l'attention, il se glissa silencieusement à côté de Léopoldine. Ils n'échangèrent pas un mot. Elle se contentait de sourire en coin, lui, d'ignorer sa petite fossette… Et de contenir le flot d'émotions qui menaçait de le submerger.

La célébration touchait à sa fin, l'assemblée entonnait son dernier chant. Non loin de l'autel, Ernest, le père de Léo, battait la mesure derrière son pupitre.

« *Il est né, le divin enfant, jouez hautbois, résonnez musettes !*
Il est né, le divin enfant, chantons tous son avènement… »

Contrairement à Léo, Timothée ne chantait pas, il observait.

Il reconnut les deux prêtres, le père Jacques et don Louis-Marie, dans leurs chasubles immaculées brodées de fil d'or.

Il remarqua ensuite la crèche grandeur nature installée à quelques mètres de lui. La petite cabane de bois couvrait en partie l'autel dédié à la Vierge, mais pas la statue en elle-même, ni les ex-voto qui l'entouraient. Pour une fois, le regard de Tim ne s'attarda pas sur eux. L'apparence du petit Jésus l'interpellait particulièrement. On fêtait sa naissance en cette nuit, mais la figurine placée dans la mangeoire ne ressemblait pas du tout à un nourrisson. Il avait la taille et la figure d'un enfant d'au moins deux ans, les bras ouverts, un air sage et bienveillant… Il tourna la tête vers l'immense croix suspendue sur un pilier, non loin de l'autel. Mais est-ce qu'il savait, ce divin enfant, ce qui l'attendait ?

L'assemblée chantait toujours avec ferveur :

« *De la crèche au crucifiement, Dieu nous livre un profond mystère, de la crèche au crucifiement, il nous aime inlassablement…* »

Un profond mystère, oui… Pourquoi un Dieu tout-puissant laissait-il le pire advenir ? Timothée s'assit, enfouit sa tête entre ses bras posés sur le banc devant lui. Il resta prostré ainsi un long moment. Le chant se termina, laissant place à un joyeux brouhaha. Puis le silence s'installa petit à petit.

Quand il se redressa enfin, Léo était toujours assise à ses côtés. Elle ne le regardait pas, ses yeux parcouraient les messages adressés à la belle dame, le long des murs. Timothée se mit à fixer intensément le petit Jésus pas si petit, et puis les mots sortirent d'eux-mêmes.

– Ils veulent la débrancher.

Son amie tourna vers lui ses yeux écarquillés.

– Ma grand-mère… mes parents disent qu'elle ne se réveillera pas.

Léo se mordit la lèvre, à court de mots. Enfin, doucement, elle posa sa main sur son épaule.

– Je suis désolée, Tim…

– Moi aussi, répondit-il d'une voix rauque.
Ils restèrent ainsi quelques instants encore, immobiles et silencieux. Aux yeux des quelques fidèles qui venaient se recueillir devant la crèche, ils faisaient preuve d'une piété touchante.
– Ta famille doit t'attendre, souffla Tim au bout d'un moment.
– La tienne aussi, objecta-t-elle.
– Ouais… Tant pis pour eux. J'ai besoin de digérer le réveillon pourri qu'ils m'ont servi.
Léo jeta un regard vers le fond de l'église.
– Tu… Tu veux venir à la maison ?
– Non, t'inquiète, je vais rester là. Avec le petit Jésus…
Il eut un rire nerveux, avant d'enfouir à nouveau sa tête entre ses bras.
Quand il la releva, Léo avait disparu. Elle revint bientôt en compagnie de son père. Le Malgache ploya son grand corps pour dire tout bas :
– Tu tombes à point, Timothée. On a fait trois bûches de Noël et les jumeaux, une demi-tonne de sablés. Par pitié, si tu ne nous accompagnes pas, on risque l'indigestion.
Tim esquissa un sourire. La proposition lui fit chaud au cœur, non pas parce qu'il avait faim, mais parce qu'elle était empreinte d'une telle délicatesse. Et puis, il savait au fond de lui qu'il ne pouvait pas rentrer. C'était au-dessus de ses forces. Alors il se laissa convaincre et les

suivit dans leur Trafic. Durant le trajet, le joyeux refrain « Il est né, le divin enfant… » tourna en boucle. Tiana et Ivo, les jumeaux de sept ans, répétaient : « résonnez musettes-euh » et explosaient de rire, comme si ces deux mots contenaient un trait d'humour qu'ils étaient les seuls à comprendre.

Timothée ne savait pas exactement ce que Léo avait dit à ses parents, mais ils ne lui posèrent aucune question. Arrivés chez eux, au Moulin du Galivay, ils servirent les desserts au salon. Ernest n'avait pas menti, il y avait de quoi régaler un régiment. Pour leur faire plaisir, Tim accepta une part de bûche à la vanille de Madagascar, bien qu'il eût l'estomac noué. Léo l'avait fait asseoir dans un fauteuil, devant la cheminée, puis s'était éclipsée. Ses parents étaient affairés à la cuisine, mais les jumeaux couraient partout, surexcités. Ils parlaient sans cesse des cadeaux qu'ils allaient découvrir à l'aube. Pour l'heure, le sapin n'était chargé que de ses propres décorations : boules de toutes les couleurs, guirlandes en tous sens, au point de faire quasiment disparaître son ramage, qu'il avait pourtant bien fourni, en comparaison du pitoyable sapin installé chez Tim. Soudain, Ivo se planta devant leur invité, une lueur malicieuse dans le regard.

– Tu vas avoir quoi, toi, comme cadeaux ?

– Hum, je les ai déjà ouverts, moi, bredouilla Timothée.

– Ah bon ? C'est bizarre.

– Et t'as eu quoi, alors ? intervint Tiana, curieuse.

– Un nouveau vélo…
– Whaaa, trop de chance ! s'exclama le petit garçon.
– Et aussi un nouveau carnet et des crayons pour dessiner…
– Oh, super ! s'extasia à son tour sa jumelle. Mamaaaaan, on peut avoir nos cadeaux tout de suite, nous aussi ?
Léo, qui venait de faire irruption dans la pièce, se mit à rire.
– Bravo Tim… Ils vont négocier sec, maintenant.
– Il n'en est pas question ! déclara la mère avec un petit sourire. Allez, au lit, sinon il n'est pas dit que vous les aurez demain matin non plus !
Les jumeaux protestèrent pour la forme, mais ne prirent pas le risque de désobéir. Après avoir salué Timothée et leur grande sœur, ils montèrent à l'étage avec leurs parents. Comme ils étaient seuls, Léo en profita pour tendre un paquet à Timothée.
– Tiens, c'est pour toi.
Très surpris, il posa son assiette à dessert pour s'en saisir.
– Hum, heu… Merci, bredouilla-t-il en contemplant les petits flocons du papier cadeau.
– Bah vas-y, ouvre !
Il s'exécuta, un peu embarrassé. Il décrocha délicatement les morceaux de Scotch, comme s'il n'osait pas déchirer les flocons, puis découvrit ce qu'ils cachaient : une bande dessinée intitulée : *Jésus, Celui que l'on n'attendait pas.*

– Je me suis dit que tu ne l'avais sûrement pas, celle-ci, déclara Léo avec un clin d'œil.
– Effectivement.
– Je trouve qu'elle est bien dessinée. Le trait ressemble un peu au tien.
– Un peu, c'est vrai. Merci beaucoup, Léo…
La jeune fille essayait de déceler si son cadeau lui faisait plaisir… Mais Tim avait surtout l'air gêné.
– Je suis désolé, bafouilla-t-il, si j'avais su… J'aurais prévu un truc…
Elle se mit à rire.
– Oh, t'inquiète. J'ai déjà réceptionné ton cadeau…
Avec un sourire énigmatique, elle agita devant lui un drôle de papier plié.
– C'était bien pour moi, cet avion ?
Sans répondre, Timothée lui prit des mains, et rougit imperceptiblement en revoyant ce qu'il avait esquissé à la hâte sur les ailes. D'une voix douce, Léo insista :
– « Les étoiles s'éteignent »… Qu'est-ce que ça veut dire ?
Il haussa les épaules.
– Oh, c'est rien.
Pour esquiver le sujet, il opérait des petits mouvements du poignet, donnant l'impression que le décollage était imminent.
– Je suis désolée de ne pas avoir été plus présente, ces derniers temps. Ça craint, tout ce que tu traverses.

Nouveau haussement d'épaules.
– T'inquiète. Tu es bien occupée, avec les J.S.P.
– Oui, c'est vrai.
– Tu t'es fait de nouveaux copains, là-bas.
Elle le toisa, un sourcil en haut, l'autre fermant presque sa paupière irisée.
– Ça veut dire quoi, ça ?
Il marqua un silence, faisant tourner l'avion entre ses doigts d'artiste.
– Rien. C'est bien, finit-il par dire sur un ton qui sous-entendait le contraire.
– C'est vrai qu'ils sont sympas, mes camarades J.S.P. Surtout Martin. Tu verras, il sera avec nous au pélé.
Le garçon allait objecter qu'il ne comptait toujours pas y participer, mais Ernest entra dans la pièce.
– Dis-moi, Timothée... Tu as prévenu tes parents que tu étais ici ? On ne te met pas à la porte, au contraire. Tu peux même rester dormir, si tu le souhaites, mais je ne voudrais pas qu'ils s'inquiètent.
– Heu... C'est que... Je n'ai pas mon portable.
Tim était parti sans prendre le temps de récupérer son téléphone, resté dans le canapé de son salon. Le grand Malgache lui tendit son mobile avec un air bienveillant.
– Tiens, et si ça peut aider, dis-leur que tu passes la nuit ici. Ça ne nous dérange pas.
Timothée s'isola dans le cellier, puis, prenant une grande

inspiration, composa le numéro de sa mère. Elle décrocha dès la deuxième sonnerie.
– Tim ! Oh, c'est toi, mon chéri, on s'est fait un sang d'encre !
– C'est bon, je suis chez une amie.
– D'accord, donne-moi son adresse, je viens te chercher.
– Non, laisse tomber.
La voix de Tim sonna plus dure qu'il ne l'aurait voulu. Au bout du fil, sa mère laissa passer un silence interloqué. Il pouvait imaginer combien elle devait se sentir coupable et confuse.
– Mais enfin, Tim… commença-t-elle à protester.
– Maman, vraiment, la coupa-t-il. J'préfère pas. Je reviens demain.
– Promis. Ça… Ça ira mieux demain.
Sur ces mots, il coupa la communication. Voyant sa mine assombrie quand il lui rendit son téléphone, Ernest demanda :
– Alors ?
– Alors je veux bien rester dormir ici. Si ça ne vous dérange pas.
Le père de Léo se fendit d'un grand sourire.
– Bien sûr que non, je vais aller prévenir Ophélie. On va te préparer un lit dans le bureau, à l'étage.
Sur ces paroles, il quitta la pièce. Timothée sentit couler en lui une paix bienfaisante. Oui, il était soulagé. Il était même content d'être ici. Il aperçut Léo, assise en tailleur

devant la cheminée. Elle jouait avec l'avion en papier. En silence, il vint se placer à ses côtés. Puis, désignant du menton la feuille pliée, il chuchota :
– Il faut que je te raconte… Il m'est arrivé un truc incroyable dans mon grenier.

Chapitre 10

– Les cadeaaaaux ! Les cadeaaaaux…
Timothée se réveilla en sursaut. D'où venaient ces cris ? Il balaya la pièce du regard, décontenancé de voir des étagères remplies de livres tout autour de lui. Il mit quelques instants avant de se souvenir où il se trouvait. Dans le bureau d'Ernest et Ophélie, les parents de Léo. Ils s'étaient couchés tard. Ernest avait fini par interrompre leur discussion au coin du feu, en menaçant de priver Léo de cadeaux. Elle avait ri, prétendant que ça ne marchait pas avec elle. Pourtant, cinq minutes plus tard, ils avaient gravi l'escalier tous les deux pour rejoindre, elle, sa chambre et lui, le bureau. Les parents de Léo étaient restés sur le palier pour leur souhaiter bonne nuit, et l'air de rien, s'assurer que chacun d'eux franchisse la bonne porte.
Timothée avait dormi d'un sommeil de plomb. Une pendule accrochée au mur indiquait qu'il était bien trop tôt pour se lever, même un 25 décembre. Sans même décoller sa joue de l'oreiller, il se rendormit aussitôt.
Trois coups frappés sur la porte le réveillèrent à nouveau, mais bien plus tard. Les aiguilles de la pendule se situaient quelque part entre le onze et le douze…
– Tim ? fit la voix de Léo dans l'entrebâillement de la porte. Désolée de te réveiller. Mais tu sais, on doit bientôt partir chez mes grands-parents.

– Hmm oui, OK, j'arrive.

Comme on lui avait laissé une serviette de toilette sur le lit, il se décida à faire un rapide passage par la salle de bains. Il retira le t-shirt prêté par Ernest, si grand qu'il lui faisait comme une chasuble, pour filer sous la douche. À la sortie, il fut un peu dégoûté de devoir remettre ses habits de la veille. Mais bon, il n'avait pas le choix, et il se sentait quand même plus frais.

En bas, il fut accueilli par les jumeaux, tout heureux de pouvoir faire étalage de toutes les merveilles qu'ils avaient découvertes quelques heures plus tôt, au pied du sapin. Des poupées Barbie, un skate-board, des talkies-walkies…

– Laissez-le tranquille, intervint Léo, allez jouer plus loin. Salut, Tim. Tu veux boire ou manger quelque chose ?

Il accepta un jus de fruits et un sablé dont la forme initiale devait être une sorte d'étoile filante, rendue plus abstraite par la cuisson. Comme ses parents s'affairaient pour leur départ imminent, Léo s'attarda auprès de lui.

– Je n'en reviens toujours pas de ton histoire. La vision de ton papy que tu as eue dans ton grenier, ça devait être incroyable.

Tim hocha la tête, la bouche pleine de biscuit.

– C'est quand même fou que personne dans ta famille ne t'ait jamais parlé de cette histoire. Le livre du *Petit Prince* offert à ton papy… Peut-être par Saint-Exupéry lui-même !

Timothée déglutit. Il n'avait pas tout dit à Léo… il n'avait pas révélé qu'il s'agissait sûrement de l'exemplaire personnel de Saint-Exupéry. Non qu'il ne fît pas confiance à son amie, mais l'information était trop précieuse. Peut-être qu'il la lui partagerait, un jour.
– Oui, enfin, sur le livre, la dédicace n'est pas adressée à quelqu'un en particulier, modéra-t-il. Il peut s'agir d'un exemplaire que mon arrière-grand-père se serait procuré autrement pour l'offrir à son fils.
« En le volant, par exemple », compléta une petite voix dans sa tête.
– Mais tu m'as dit que ton arrière-grand-père était dans la même base que Saint-Exupéry. Il n'aurait pas pu laisser passer une occasion pareille !
– Oui, sans doute…
À cet instant, Ernest débarqua dans la cuisine.
– Ah, Timothée, joyeux Noël ! fit-il en lui donnant une accolade.
Puis, se tournant vers sa fille :
– Il faut qu'on file, ma chérie. Tu sais combien ta Bonne-Mam' déteste quand on arrive tard.
Léo se mit à rire.
– Oui, dis plutôt que tu as peur de louper l'apéro !
Hilare, Ernest les fit monter dans le Trafic et ferma la maison. À la demande expresse de Tim, les Rakotomalala le déposèrent non pas chez lui, mais sur le parking de l'hôpital. Léo était désolée de ne pouvoir l'accompagner

pour cette visite à sa mamie. Touché de toute cette prévenance, Timothée les remercia pour leur hospitalité, avant de sortir du véhicule. Il le regarda s'éloigner avec une pointe de tristesse. Il enviait ce qui les attendait : des retrouvailles familiales ponctuées de joie, de cadeaux, d'anecdotes et de rires. Pour lui, ce n'était pas au programme.

Il franchit les portes automatiques en soupirant. Sans un regard pour les guirlandes et le faux père Noël accrochés au plafond, il traversa le hall pour aller se planter à côté du grand sapin factice couvert de paquets vides, et appela l'ascenseur.

– Oh ! Joyeux Noël, Timothée.

En tournant la tête, l'adolescent aperçut la dernière personne qu'il s'attendait à voir en ce lieu : don Louis-Marie, le prêtre de l'aumônerie du collège-lycée, lui adressait un grand sourire.

– Bonjour, heu… *Padre.*

– Que fais-tu ici ?

– Je viens rendre visite à ma grand-mère. Elle…

– Oh, oui bien sûr ! Cette chère Marie-Christine.

Le prêtre eut l'air d'hésiter un instant, puis demanda :

– Tu permets que je vienne avec toi ?

Surpris, Tim mit une seconde avant de répondre.

– Si vous voulez.

Quand les portes s'ouvrirent, ils entrèrent ensemble dans

l'ascenseur. Alors que l'appareil amorçait sa montée, Tim osa poser la question qui le taraudait.
– Et vous, *Padre*, pourquoi vous êtes ici, à l'hôpital ?
– Nous sommes le jour de Noël. J'ai célébré une messe ce matin et je suis venu porter la communion à certains malades qui m'en ont fait la demande.
– Ah, d'accord.
Timothée était surpris d'apprendre qu'il était possible de manger une hostie en dehors de la messe. Il se demanda brièvement quel intérêt cela avait, avant de songer qu'au fond, si cela faisait plaisir aux patients croyants, c'était tout ce qui comptait.
Il entra le premier dans la chambre de Mamie. Comme les paroles de ses parents le hantaient depuis la veille, il fut presque soulagé de la voir encore ici, allongée dans son lit avec tous ces branchements et ces bruits de machines.
– Bonjour, Mamie.
– Bonjour, Marie-Christine.
Le prêtre avait laissé la porte entrouverte. Ils restèrent debout tous les deux, chacun pensant que l'autre allait parler le premier. Enfin, Timothée souffla :
– Elle aurait bien aimé avoir la communion aujourd'hui, je pense, si elle avait pu.
– Tu as raison, je le pense également. Mais à défaut, je peux prononcer une bénédiction.
Timothée opina du chef. C'était mieux que rien, pensait-il.

Don Louis-Marie s'approcha du lit à pas lents et tendit ses bras de manière à tourner ses deux paumes juste au-dessus du front de Mamie. Il prononça des mots tout bas. Si bas que l'adolescent ne perçut que le « bip » régulier de l'électrocardiogramme.

Au moment où il prit le parti de s'asseoir dans l'unique fauteuil de la pièce, le prêtre termina sa prière et retourna vers lui.

– Alors, dis-moi, comment vas-tu, Timothée ? Ça ne doit pas être facile, pour toi.

Pour toute réponse, Tim haussa les épaules en marmonnant un vague :

– Ça va.

– Et tes parents ?

À cette question, il sentit sa gorge se serrer.

– Ils se sont séparés.

Le regard du prêtre s'emplit de compassion.

– Que d'épreuves… Tu dois te demander quel est le sens de tout ceci.

Cette phrase rappela à Tim la dédicace de Saint-Exupéry sur son exemplaire du *Petit Prince.*

« *Ce qui donne un sens à la vie donne un sens à la mort.* »

S'apercevant qu'il l'avait dite à haute voix, Timothée rougit et toussota avant de préciser :

– C'est… C'est de Saint-Exupéry.

– Ah, sourit don Louis-Marie. C'est une très belle citation, que je ne connaissais pas.

Le garçon laissa passer quelques secondes de silence, puis demanda d'une petite voix :
– La vie de Mamie… Elle n'a plus de sens, vous croyez ?
– C'est une question délicate. Qu'en penses-tu, toi ?
Timothée avait déjà retourné cette interrogation cent fois dans sa tête. Et comme à chaque fois, il sentait comme un immense poids lui enserrer le cœur.
– Je… Je crois que ce n'est pas à nous de décider, finit-il par murmurer en contemplant sa grand-mère.
Le prélat hocha lentement la tête.
– Mais en même temps, les médecins disent que c'est impossible de savoir dans combien de temps elle se réveillera. Si ça se trouve, elle ne le fera jamais.
Il était à présent complètement bouleversé. Il acheva d'une voix enrouée :
– Et même dans le cas où elle se réveillerait, elle ne sera pas guérie. Sa mémoire continuera de partir en vrille.
Don Louis-Marie resta un moment immobile et silencieux. Puis, d'une voix douce, il remercia Timothée de lui avoir confié tout cela.
– As-tu déjà essayé de prier ?
L'adolescent eut un geste évasif.
– Si je te demande ça, c'est que je suis convaincu que le mieux placé pour recevoir tout ce que tu as sur le cœur, tes doutes, tes peines, tes espoirs… C'est Lui, là-haut.
Comme Tim fronçait les sourcils, il eut un petit rire :
– Je sais, ça peut te paraître un peu bateau, ou

complètement perché. Mais bon, que veux-tu, moi, je crois fermement que Dieu nous accompagne dans les épreuves, et qu'il nous donne la force de les traverser. Je sais d'expérience qu'il peut faire des miracles.

À ces mots, des images revinrent à la mémoire de Timothée en un éclair. Une petite fille avec ses rubans blancs penchée à la fenêtre, qui bascule dans le vide. Dans la vision, elle était restée un temps indéterminé dans le coma. Sa maman avait prié pendant des jours, et la petite avait fini par se réveiller, miraculeusement. Cet épisode avait beaucoup marqué Timothée, et après l'avoir vu, il n'avait plus touché d'ex-voto pendant longtemps.

Comme Timothée songeait à cela, prostré sur le fauteuil, don Louis-Marie se leva.

– J'aurais aimé rester plus longtemps, mais je suis attendu.

Il couva Tim de son regard bienveillant et déclara :

– Je sais que tu hésites, mais permets-moi de te dire : je pense que ça te ferait du bien de venir au pélé de l'aumônerie. C'est un moyen de changer d'air et d'approfondir sa foi. Combo gagnant ! Allez, je file. Au revoir, Marie-Christine. À bientôt, Timothée.

Une fois seul avec Mamie, Timothée cogita pendant un bon moment. Plus il la regardait, plus il était convaincu que si elle avait pu parler, elle lui aurait certainement dit de le faire, ce pèlerinage. C'est vrai, qu'avait-il à y perdre ? Cela ferait une semaine de moins à broyer du noir. C'était plus alléchant que de faire des allers-retours entre Saint-Christophe et Paris, entre son père et sa mère. Et puis, bon sang, la petite de la vision s'était réveillée ! Sa mère avait prié, et elle avait été exaucée. Peut-être que Dieu pourrait faire la même chose pour Mamie ? S'il faisait un effort, qu'il allait à ce pélé et qu'il priait pour ça, là-bas.

Timothée se leva d'un bond, décidé. Il se pencha vers le visage paisible de sa grand-mère et chuchota :

– Oui, je vais aller à ce pélé. Pour toi, Mamie.

Chapitre 11

– Tiens, ma puce, n'oublie pas ton sac !
Léo poussa un soupir sonore et empoigna l'anse de son bagage.
– Tu veux que je le mette dans la soute ?
– Non, c'est bon…
Sous le regard malicieux de son père, la jeune fille rejoignit précipitamment le groupe d'adolescents qui s'était formé sur le parking à côté du car. Puis Ernest observa les parents regroupés de l'autre côté, certains échangeant encore quelques mots et tendres étreintes avec leurs enfants. Un large sourire ornait son visage. Il referma le coffre dans un claquement sec, puis se dirigea vers l'autocar, traînant une valise derrière lui. L'ayant aperçu, Timothée s'étonna :
– Ton père nous accompagne ?
Léo leva les yeux au ciel.
– Oui, je sais, ça craint… Mais pas le choix, il fait partie de la pastorale.
Tim sourit, amusé. Lui, ça ne le dérangeait pas, au contraire même. Ce visage connu le rassurait au milieu de l'excitation ambiante. L'imminence du départ provoquait en lui des sentiments contradictoires : de l'appréhension, mais surtout de la hâte. Il lui tardait de quitter Saint-Christophe, de laisser derrière lui son quotidien oppressant. Même si ses parents s'étaient excusés après

la terrible dispute de Noël, il savait que la tranquillité retrouvée était superficielle. Sa mère était retournée à Paris, la vie avait repris son cours. Excepté pour Mamie, toujours à l'hôpital… Comme elle ne s'était pas encore décidée à revenir parmi les vivants, plus les jours passaient, et plus Timothée était conforté dans sa décision de participer à ce pèlerinage.
Le rendez-vous avait été fixé à dix-sept heures, pour un départ avant dix-sept heures trente. Don Louis-Marie était partout à la fois, brassant l'air dans sa soutane noire, sillonnant le parking de long en large. Il papillonnait entre les parents, s'attardait devant les soutes, se glissait entre les jeunes… Une adolescente, engoncée dans sa parka violette, avança vers lui en tirant péniblement une valise aussi grosse qu'elle, et il s'exclama :
– Ah, voilà Enora ! Et de vingt-sept !
Une tête moustachue apparut dans l'encadrement de la porte avant du car. Timothée fut surpris de reconnaître le chauffeur qui le conduisait pour aller et revenir du lycée.
– Dites, heu… M'sieur le curé, j'voudrais pas vous commander, mais faudrait vraiment qu'on parte.
– Oui, vous avez raison, Marcel.
Don Louis-Marie tapa dans ses mains et somma d'une voix forte :
– Allez, on fait les derniers bisous aux papas, mamans, et on monte dans le car ! Dépêchons ! Une longue route nous attend…

Quelques adolescents ricanèrent et, considérant que le temps des au revoir était passé, ils s'engouffrèrent joyeusement dans le véhicule ronronnant. Léo et Judie s'installèrent côte à côte, et elles insistèrent pour que Timothée prenne le siège juste devant. Il obtempéra, et posa son sac à dos sur le siège voisin, pour s'assurer qu'il reste inoccupé.

Martin avait pris d'assaut les derniers sièges avec ses deux compères, Maxence et Alban. Tous trois promettaient de mettre une sacrée ambiance. Martin, l'adonis populaire, Maxence, le lèche-bottes du *Padre*, et Alban, l'infatigable farceur.

Le volume sonore à l'intérieur du car augmentait de minute en minute, et cette ascension semblait ne jamais devoir s'arrêter. Au milieu de l'effervescence, Ernest se mit à arpenter l'allée centrale pour demander de s'attacher.

– Il faut la boucler ! lança-t-il aux gais lurons du fond.

Ils éclatèrent de rire.

Au moins votre ceinture, précisa-t-il avec un clin d'œil, fier de sa boutade.

Enfin, Marcel donna trois coups de klaxon, et le car quitta le parking. Il ne fit pas attention aux silhouettes des parents qui agitaient les bras dans son rétroviseur, pas plus que les jeunes ne s'attardèrent à leur rendre leurs salutations derrière les vitres. Ils étaient en route, enfin ! Don Louis-Marie attendit qu'ils soient sortis du bourg de Saint-Christophe pour prendre la parole au micro.

– Bonjour à tous ! J'espère que vous allez bien, et que nous n'avons oublié personne. Sauf Maxence, lui, rassurez-moi, il est resté sur le parking ?
Hilarité générale, suivie d'une voix faussement outrée qui résonna du fond du car :
– Hé, non, *Padre*, je suis là !
– Bon, dommage. Ce qui monte votre effectif à vingt-sept, sans compter l'équipe encadrante du pélé, cinq personnes géniales que je vais me faire le plaisir de vous présenter. Vous avez déjà pu saluer en montant notre incroyable chauffeur, Marcel, qui nous conduira à l'aller, au retour, mais aussi pour tous les déplacements entre les deux.
Vivats pour Marcel.
– Ensuite, nous sommes accompagnés d'Ernest, que beaucoup d'entre vous connaissent déjà. On ne saurait se passer de lui, de sa voix exceptionnelle et de ses yeux de lynx.
Ernest se leva pour que tous le repèrent bien, il mit ses doigts en V devant ses yeux, puis les pointa sur l'ensemble des jeunes. Timothée sourit, et entendit les filles rire derrière lui.
Vivats pour Ernest.
– Ensuite, nous avons la chance d'avoir Chantale avec nous !
Une petite tête dépassa à l'avant, dont on n'apercevait

que le carré court de ses cheveux gris, et ses épaisses lunettes rouges.

– Chantale est ce qu'on appelle une « L.E.M.E. », une laïque en mission ecclésiale. Elle s'occupe de la catéchèse pour les élèves de primaire depuis quinze ans, elle se souvient de beaucoup d'entre vous… Elle est aussi notre accompagnatrice responsable de l'infirmerie.

Vivats pour Chantale. Vivats qui la firent se rasseoir bien vite.

– À présent, laissez-moi vous présenter notre toute dernière recrue : la jeune et dynamique Amandine !

Timothée se redressa d'un coup. Il détailla la personne qui venait de se lever à son tour : une chevelure rousse coupée à la garçonne, des yeux noirs et un tatouage dans la nuque… Oui, c'était bien la nouvelle surveillante ! Mais que faisait-elle là ?

– Amandine s'est portée volontaire pour nous accompagner. Je compte sur vous pour lui faire bon accueil !

La jeune femme sourit poliment, agita la main sous les vivats, et se rassit.

– Enfin, bien entendu, votre serviteur, don Louis-Marie, prêtre de mon état, tout dévoué pour vous mener sur le sentier de la sainteté… Enfin, déjà, pour vous emmener en pélé. Direction : Cotignac ! Accrochez-vous bien, un long trajet nous attend… Combien, Marcel ?

– Quinze ! cria le chauffeur depuis son siège. Avec les pauses.

Un soupir vibra dans le micro.
– Quinze heures, mes chers amis. Que Dieu nous envoie sa force… Nous nous arrêterons toutes les deux heures. Et donc notre prochaine halte sera pour dîner, dans les environs de Tours. Je sens que ma voix commence à faiblir, je vais me taire, il faut qu'elle tienne jusqu'à notre retour. Je vous annoncerai la suite des festivités plus tard.
Cotignac. Timothée n'avait jamais entendu parler de cet endroit, avant de s'inscrire pour ce voyage. Le car filait à présent sur l'autoroute, et, don Louis-Marie ayant fini son petit mot d'accueil, les jeunes avaient repris leurs bavardages. Tous, sauf Timothée. Alors qu'il sortait son carnet de dessins de son sac, il entendit malgré lui ce que racontaient les filles juste derrière.
– Hé ! dit Léo, je viens de réaliser que c'est l'anniversaire de Flora, cette semaine.
– Oui, répondit la voix de Judie, d'ailleurs elle était trop déçue qu'on soit au pélé. Elle aurait aimé qu'on s'organise une sortie pour le fêter toutes les trois.
– On n'aura qu'à lui envoyer une petite carte de là-bas, pour lui montrer qu'on pense à elle.
Cette idée eut l'air de beaucoup amuser Judie.
– Oh oui, on essaiera d'en trouver une rigolote !
Soudain, une voix grave s'incrusta dans la conversation.
– Hé, Léo ! Devine quoi ! J'ai retrouvé la musique sur laquelle on s'est entraînés la semaine dernière.

C'était Martin. Timothée tiqua et Léo bondit sur son siège.
– C'est vrai ?
– Écoute ça, c'est mortel !
Elle attrapa l'oreillette qu'il lui tendait. Après quelques secondes, elle s'exclama :
– Ah oui, c'est bien cette chanson. Elle est géniale !
Ils se mirent à fredonner en essayant de reproduire les notes qu'eux seuls pouvaient entendre, puis à bouger la tête en cadence. Comme Martin restait debout, à demi penché au-dessus d'elle, Judie proposa :
– Hum, tu veux prendre ma place, peut-être ?
– Ah, pourquoi pas, ça me permettra de te faire écouter la suivante, Léo. Je l'ai découverte ce week-end et elle est tellement cool que je l'écoute en boucle !
Judie se leva et jeta un coup d'œil par-dessus les dossiers.
– OK, je vais me mettre devant. Ça ne te dérange pas, Tim ?
Il ne se voyait pas lui refuser. Sans un mot, il enleva son sac pour qu'elle puisse s'asseoir à côté de lui. Elle lui adressa un sourire reconnaissant.
– Oh, tu étais en train de dessiner ?
– Non, pas vraiment. J'ai juste sorti mon carnet.
– J'imagine que tu n'as pas envie de montrer tes croquis ? demanda-t-elle d'un air innocent.
Et, comme il secouait la tête, elle déclara sur le ton de la confidence :

– T'inquiète, je comprends très bien. Moi aussi j'ai un carnet, dans lequel je peins des aquarelles. Je déteste l'idée de les montrer à qui que ce soit.
Mis en confiance, il évoqua son projet de bande dessinée, celui qu'il partageait avec Félix. À son tour, Judie parla de ses ébauches de paysages, de sa technique, qu'elle cherchait à affiner. Ils discutèrent ainsi un long moment, au point de se faire surprendre quand le car s'arrêta soudain. C'était déjà l'heure de la première pause. Même s'il était prévu que le pique-nique soit « tiré du sac », la boutique de l'aire d'autoroute fut prise d'assaut, ainsi que les quelques tables et chaises mises à disposition. Il fallait reconnaître que dehors le soleil avait presque disparu, laissant s'installer un froid mordant.
Timothée avait pris place à une grande tablée, aux côtés de Léo et Judie, elles-mêmes face à Martin et ses amis. Ils discouraient sur ce qui les attendait, faisaient des conjectures sur le programme. Tim, lui, n'y prêtait qu'une oreille distraite. Il observait du coin de l'œil la table voisine, à laquelle dînaient tous les accompagnateurs. Don Louis-Marie était en grande conversation avec Amandine, la nouvelle pionne un peu étrange. Son sandwich englouti, il entreprit d'aller jeter l'emballage dans la poubelle, qui se trouvait justement derrière eux.
– Ça doit être passionnant, toutes ces recherches sur les aviateurs, disait le prêtre d'un ton enthousiaste. Je suis

moi-même un mordu d'U.L.M. J'ai passé mon brevet de pilotage l'année de mon ordination.
– Ah bon ? répondit Amandine, l'air dubitatif. C'est marrant, j'pensais pas que les prêtres avaient le temps pour ce genre de loisirs.
Il eut un petit rire ponctué d'un soupir.
– Les occasions sont rares, je ne le cache pas. Mais j'adore ça. Et vous, Amandine, vous avez déjà piloté ?
– On m'a offert un baptême de l'air, oui, et aussi plusieurs sauts en parachute. Mais je pratique plutôt le deltaplane ou le parapente, de manière régulière.
– Ah oui, j'imagine qu'à force d'étudier les histoires de pilotes ayant sombré avec leur appareil, vous préférez voler de vos propres ailes, sans moteur.
– Oui, il y a un peu de cela, admit-elle. Mais je reste une adepte des vastes espaces et du grand air.
– Vous avez bien raison. Rien de tel que de parcourir l'immensité du ciel pour se sentir vivant ! Et, par curiosité, avez-vous fait des recherches sur la disparition de Saint-Exupéry ?
En entendant ce nom, Timothée sursauta. La jeune femme l'aperçut alors juste derrière l'épaule du prêtre, et lui lança un regard perçant.
– Oui. Même si dans son cas, comme tous les chercheurs, je manque d'éléments nouveaux pour résoudre l'énigme qui entoure sa mort.
Timothée tourna les talons et alla se rasseoir bien vite à

sa table. Quelques instants plus tard, tout le petit groupe, rassasié, reprenait place à bord de l'autocar. Martin retourna avec ses copains au fond, Judie à côté de Léo. Pour couper court au bouillonnement qui gagnait l'habitacle, don Louis-Marie s'empara du micro.

– Bonne nouvelle, chers amis, déclara-t-il en ménageant son suspense. Je vous ai rapporté un de mes films d'animation préférés.

– Oh non, vous n'allez pas nous montrer un vieux truc en noir et blanc, *Padre* ? protesta une voix au fond du car.

– Rassurez-vous, c'est un film récent. Vous verrez, vous allez adorer, ça s'appelle : *Le vent se lève.*

Timothée esquissa un sourire, ravi. Il connaissait tous les longs-métrages de Miyazaki, et celui-ci était aussi un de ses favoris. Quand les premières images défilèrent sur les écrans, encore beaucoup de bavardages couvraient la musique. Ils diminuèrent petit à petit, et bientôt tous les passagers furent absorbés par les aventures de Jirō, un jeune Japonais qui rêvait de construire le plus beau et le plus solide avion de son époque. Tim avait déjà regardé ce film plusieurs fois, mais jamais il ne s'était senti aussi proche de ce jeune héros. Il comprenait sa passion pour l'aéronautique et partageait son impuissance face à la maladie d'un être aimé. À la fin, son cœur palpita au son de la douce voix de Nahoko, le grand amour de Jirō, qui chuchotait : « Vis ta vie », avant que le vent ne se lève et l'emporte au loin. À cet instant, il crut percevoir des reniflements discrets provenant des places derrière lui. Les lumières tamisées de l'autocar remontèrent en intensité, surprenant ceux que l'émotion ou le sommeil avaient gagnés. Il était près de minuit, l'heure de la pause. Tous les jeunes descendirent pour se dégourdir les jambes et passer aux toilettes. Aux haltes suivantes, Marcel serait le seul à sortir pour fumer sa cigarette, ce qui lui permettrait de redémarrer dès la fin de la pause légale.

Faire le trajet de nuit, ce n'était pas synonyme de dormir. En tout cas, pas pour les adolescents, ils étaient trop excités par le caractère exceptionnel de ce qu'ils étaient en train de vivre. Les encadrants avaient beau répéter de ne pas déranger ceux qui voulaient « essayer » de se reposer, des messes basses et des petits rires continuaient de fuser dans l'obscurité. Cela importait peu à Timothée, il écoutait de la musique. Il se laissa bercer par le ronronnement du moteur, les petites secousses de la route, les phares des véhicules, au loin, passant ou dépassant leur forteresse roulante.

Seul Marcel assista au spectacle de l'aube, de ses yeux cernés par les heures de route. Derrière les vitres embuées du car, le sommeil régnait enfin, et avec lui, le silence. Jusqu'au moment où le moteur s'arrêta. Alors, la voix guillerette de don Louis-Marie claironna dans le micro :

– Chers amis, bienvenue à Cotignac !

Chapitre 12

– Nous sommes ici sur le mont Verdaille. C'est à cet endroit que la Vierge Marie est apparue, accompagnée de saint Michel et de saint Bernard, à un bûcheron appelé Jean de la Baume, les 10 et 11 août 1519.

Don Louis-Marie tentait de captiver l'attention de son auditoire. Certains jeunes avaient du mal à contenir leurs bâillements, après cette nuit passée dans le car. Heureusement, ils avaient bénéficié d'un solide petit déjeuner dans la maison des pèlerins où ils étaient logés, puis ils avaient pu installer leurs affaires dans les dortoirs. À présent, il était temps de découvrir le sanctuaire pour lequel ils avaient fait tout ce chemin…

– Lors de cette apparition, poursuivit le prêtre, la Vierge lui demande de construire une chapelle sous le vocable de Notre-Dame-de-Grâces. Les villageois construisent d'abord une chapelle, puis, comme les pèlerins sont de plus en plus nombreux à venir s'y recueillir, ils érigent ensuite l'église devant laquelle nous nous trouvons.

Le groupe leva les yeux vers l'édifice, admirant l'harmonieuse adjonction de sa façade couleur safran sur l'azur du ciel. Merveille de simplicité, il se dressait dans toute sa dignité silencieuse, au cœur de ce cocon provençal protégé par d'immenses cyprès. Le prêtre pointa ensuite l'index à l'opposé. Il y avait là un muret couvert d'ex-voto, qui semblait faire le tour du parvis. Léo et Tim se

lancèrent un regard complice… Mais don Louis-Marie désignait un point au-dessus de ce petit mur, par-delà la gigantesque croix éblouissante qui surplombait le site.
– En face, c'est le mont Bessillon. Là-bas, c'est saint Joseph qui est apparu, en 1660, à un jeune berger assoiffé nommé Gaspard. Il lui a fait découvrir une source, cachée sous un gros rocher que le jeune homme a miraculeusement réussi à soulever seul. Une chapelle a été construite, puis une église et aujourd'hui, il y a même un monastère.
– Mais, *Padre*, on est obligés de croire ça ?
Maxence, comme beaucoup de ses camarades, affichait un air dubitatif.
– Quoi, « ça » ?
– Bah… les apparitions. Qu'est-ce qui nous prouve que ça a vraiment eu lieu ?
Don Louis-Marie eut un sourire amusé.
– Bien sûr que non, vous n'êtes pas obligés de croire aux apparitions. Chacun est libre d'y croire ou non, d'ailleurs elles ne sont pas toutes reconnues par l'Église. Et même celles que l'Église reconnaît n'ont pas pour rôle de fonder la foi, mais de la servir.
Un silence consterné suivit cette explication, alors le prêtre continua :
– En tant que chrétiens, nous n'avons pas besoin d'apparition pour croire que Dieu nous aime, car il nous l'a révélé une bonne fois pour toutes en envoyant son Fils sur la Terre.

– Alors, à quoi elles servent ?
– Elles peuvent renforcer la foi. Leur caractère impressionnant et même incompréhensible nous rappelle la transcendance de Dieu, mais aussi sa familiarité et son amour pour les hommes.
Léopoldine, sourcils froncés, prit soudain la parole.
– J'aimerais savoir… Pourquoi Dieu s'invite-t-il dans la vie de certaines personnes de manière surnaturelle ? Et pourquoi il ne le fait pas pour d'autres ?
– Ça, c'est un mystère. À Lourdes, Bernadette n'avait rien fait de particulier pour voir apparaître la Sainte Vierge. Et j'imagine que le bûcheron du mont Verdaille non plus, ni le berger de Bessillon…
Timothée observa Léo du coin de l'œil. Il pouvait aisément deviner ses pensées. Les mêmes questionnements le taraudaient : et eux, pourquoi avaient-ils reçu cette étrange faculté d'accéder aux origines des ex-voto ? Étaient-ils censés l'utiliser dans un but précis ? Jusqu'à présent, cela leur avait permis de comprendre certaines choses, de faire la lumière sur des événements du passé, même si certains s'étaient révélés douloureux… Notamment pour Léo et sa famille. Avec le temps, ils usaient de ce pouvoir avec de plus en plus de parcimonie.
– Venez avec moi, reprit le prêtre en amorçant un mouvement vers la porte de l'église, je ne vous ai pas encore tout dit.
Ils franchirent les épais murs au jaune lumineux, pour

découvrir un intérieur épuré, tant dans sa structure que par son mobilier. Toute sa magnificence se déployait alors dans la voûte, peinte d'un bleu profond, parsemée d'étoiles d'or. On ne pouvait s'empêcher de lever le nez pour admirer une telle beauté, et don Louis-Marie se retrouva bientôt face à soixante narines.

– Tenez, lisez ça.

Les yeux quittèrent le plafond pour se fixer sur le cadre doré qu'il leur désignait, accroché sur l'un des murs.

« *Lovis XIV Roy de France et de Navarre donné à son pevple par les vœux qu'Anne d'Avstriche Reyne de France sa Mère a fait dans cette Esglise a vovlv qve cette pierre fût icy posée povr servir de monvmant à la postérité et de sa reconnoissance et des messes qve Sa Libéralité y a fondées povr L'ame De Saditte Mère. Le XXIII D'avril MDCLXVII* »

– Heu, *Padre*… Vous voulez bien nous le traduire en français ?

– C'est du français, chers amis, du français de 1667, parlé par le roi Louis XIV ! Le Roi-Soleil est venu en personne ici à Cotignac remercier la Vierge pour… sa naissance.

Devant l'air ahuri des adolescents, le prêtre expliqua :

– Voilà le miracle le plus célèbre attribué à Notre-Dame-de-Grâces. En 1637, la Vierge Marie apparaît non pas ici, mais à Paris, à un religieux des Augustins de Montmartre, le frère Fiacre. Elle tient dans les bras un enfant qu'elle lui présente comme étant le futur Dauphin, l'enfant tant espéré par le roi Louis XIII et son épouse

Anne d'Autriche. Car cela fait vingt-deux ans qu'ils sont mariés, et ils n'ont toujours pas d'héritier. La Sainte Vierge demande que la reine fasse célébrer trois neuvaines de prières, à Notre-Dame-de-Grâces de Cotignac, à Notre-Dame de Paris et à Notre-Dame-des-Victoires à Paris aussi. Le frère Fiacre transmet le message, les neuvaines sont faites. La dernière s'est terminée le 5 décembre 1637 : exactement neuf mois après, le 5 septembre 1638, Louis XIV est né.

Des exclamations amusées et enthousiastes ponctuèrent l'incroyable récit de cette anecdote historique, ainsi qu'un coup de coude… dans les côtes de Tim.

– Il faut absolument qu'on le voie, celui-là ! lui glissa Léo.

Don Louis-Marie désigna une autre plaque, juste à côté. « *Ici repose le cœur du frère Fiacre* ».

– Cette histoire nous montre bien que les personnes ayant eu des apparition s ne sont que des messagers. Dieu leur donne une mission.

– Chaud pour la mission ?

Timothée se tourna vers Léo, perplexe.

– Quelle mission ?

Elle eut un mouvement de tête vers la plaque de Louis XIV.

– Toucher cet ex-voto.

– Quoi, maintenant ? Avec tout le monde autour ?

– Pas forcément maintenant ! Quand il y aura un moment plus calme. T'es partant ?

– Partant pour quoi ? intervint une voix.
Martin s'était avancé vers eux sans bruit.
– Heu, partant pour dessiner la statue de Notre-Dame-de-Grâces, répondit Léo avec un air innocent. Tu savais que Tim avait un talent incroyable ?
– Hum… non, marmonna le J.S.P. en toisant l'intéressé d'un air vaguement intrigué.
– Tu verras, j'essaie de le convaincre de faire quelques croquis pour illustrer le livre d'or du pélé.
Timothée jeta un coup d'œil vers le chœur, aperçut la statue de Notre-Dame qui y trônait en hauteur, l'enfant Jésus dans ses bras, couronné comme elle, et nimbé d'un grand voile irisé.
– Les photos c'est bien aussi, sinon, suggéra-t-il, embarrassé.
– L'un n'empêche pas l'autre.
– S'il vous plaît, intervint don Louis-Marie, rapprochez-vous, je vais vous communiquer la suite du programme.
Il annonça qu'une messe serait célébrée tous les jours, et pour aujourd'hui, elle aurait lieu dans cette église, en fin d'après-midi.
– C'est obligatoire ?
La question d'Amandine fit sourire le prêtre.
– Non, bien sûr, rien n'est obligatoire. Mais nous participons tout de même à un pèlerinage, et le but d'un pèlerinage c'est d'essayer de faire une plus grande place

au Seigneur dans nos vies, et c'est plus facile que dans notre quotidien. Mais bien évidemment, chacun reste libre.
– D'ailleurs, reprit-il après s'être entretenu tout bas avec Ernest, cet après-midi vous avez quartier libre après le déjeuner. Un conseil : profitez-en pour faire la sieste. Demain, ce sera plus sportif, je vous le garantis !
Quelques jeunes suivirent cette recommandation et restèrent se reposer dans les dortoirs une fois le repas terminé. D'autres, infatigables, s'éloignèrent par petits groupes le long du chemin sinueux qui reliait le logement au sanctuaire. La bande de Martin était de ceux-là, tout comme Léo, Judie et Timothée. Les deux filles firent halte à la boutique des pèlerins, et Tim poursuivit nonchalamment sa route.
– Tiens, regarde, on pourrait envoyer cette carte à Flora ! entendit-il Léo s'exclamer dans son dos.
– « Heureux ceux qui pleurent, ils seront consolés », lut Judie. Heu, je sais qu'elle est triste de notre absence, mais quand même…
– Mais si, elle va lui plaire, regarde, il y a même des chatons dessus !
Elles explosèrent de rire.
– Ou sinon celle-ci ? Il y a des fleurs.
– « Les bontés du Seigneur… »
Leurs voix ne parvenaient plus aux oreilles de Timothée. Il entreprit de gravir les quelques marches qui menaient

jusqu'à l'esplanade devant l'église, ombragée par les grands pins. Ayant trouvé un coin au calme, il s'assit à terre, le dos contre le tronc de l'un d'eux. Il tira de son sac son carnet de dessins, et esquissa quelques traits, bercé par le chant des oiseaux. Soudain, une voix sortie de nulle part l'interpella.
– Alors, tu dessines la Vierge ?
Tim regarda par-dessus son épaule et vit Martin, un sourire narquois aux lèvres, entouré de Maxence et Alban, qui affichaient un air de curiosité moqueuse.
– Hum, non, marmonna l'adolescent en refermant aussitôt son cahier d'un claquement sec.
Alors qu'il s'était levé et commençait à s'éloigner, les trois garçons le suivirent en riant.
– Bah alors, dis-nous, qu'est-ce que tu faisais ? Du coloriage ?
Ils stoppèrent net leurs sarcasmes en arrivant sur le parvis. Assises sur un banc devant le muret couvert d'ex-voto, Léo et Judie écrivaient au dos d'une carte postale, et elles semblaient beaucoup s'amuser. Léo, un grand sourire aux lèvres, leva la tête et les aperçut.
– Hé ! Les garçons, qu'est-ce que vous faites ?
– Rien de spécial, on se promène, on découvre, répondit Martin avec un air jovial forcé quand ils se furent approchés tous les quatre.
Léo regarda Tim et Martin, tour à tour, comme si elle cherchait à déceler chez eux un début d'amitié. Elle pou-

vait toujours chercher, songea Timothée en dépassant leur banc pour admirer de plus près les ex-voto qui recouvraient le muret.

– Vous avez vu toutes ces plaques ? demanda Judie. C'est émouvant de se dire que les prières de tous ces gens ont été exaucées.

– Oui, c'est fascinant, murmura Léo en se levant pour les parcourir aussi.

– Si on en croit les messages, beaucoup ont rendu grâce pour des naissances, remarqua Timothée.

La jeune métisse s'immobilisa, en proie à un souvenir soudain. Elle avait déjà assisté à une naissance par le biais d'un ex-voto. L'expérience avait été suffisamment marquante pour qu'elle n'eût pas spécialement envie de la renouveler de sitôt.

– Ah, vous voilà !

La voix tonitruante de son père vint troubler ses pensées.

– Je vous cherchais, les jeunes-qui-ne-sont-pas-fatigués. On va préparer la messe et répéter un peu les chants, ça vous dit ?

Ça disait à tout le monde, sauf à Timothée. Il prétexta un besoin de se reposer, finalement. En retournant au logement, seul, il croisa le chemin d'un autre adulte accompagnateur.

– Salut… Timothée, c'est ça ? demanda Amandine avec un sourire qui se voulait aimable.

Il opina du chef, sur la défensive. Son premier contact

avec elle, dans l'enceinte du lycée, ne lui avait pas vraiment plu. Il ne se rappelait que trop bien ce terrible moment d'étude où elle s'était permis de fouiner dans tous ses croquis sans qu'il y ait consenti.

– Tu veux bien qu'on discute un peu ? demanda-t-elle.

Il fronça les sourcils, mais ne sachant pas comment refuser, il se résolut à la suivre sans un mot. Ils revinrent sur l'esplanade, l'endroit que Tim venait de quitter. Ernest, Léo et tous les autres ne s'y trouvaient plus. Amandine s'assit sur le muret sans aucun égard pour les centaines de messages qui le jalonnaient, comme si elle n'avait même pas remarqué cette particularité.

– C'est drôle, j'ai l'impression que toi et moi, on se demande un peu ce qu'on fait là, dit-elle.

– Je... Je croyais que vous vous étiez portée volontaire ? s'étonna Tim.

Elle partit d'un rire franc.

– C'est vrai. Nous sommes pleins de paradoxes, parfois.

– Pourquoi ? Vous n'êtes pas croyante ? demanda-t-il d'une petite voix.

Elle leva les yeux vers l'immense crucifix dressé à deux pas et le contempla quelques secondes en silence.

– Si, en quelque sorte.

Elle s'appuya sur le muret.

– Dis-moi, Timothée, la première fois que nous nous sommes parlé, tu as évoqué ton arrière-grand-père, il me semble.

– C'est possible.
– Tu avais laissé sous-entendre qu'il avait connu Saint-Ex.
– Ah… Je ne m'en souviens plus très bien, mentit-il.
Elle le toisa d'un air suspicieux. Timothée finit par déclarer :
– Je crois… Je crois qu'ils étaient ensemble au Maroc, affectés sur la même base, en 1944.
Le regard de l'accompagnatrice s'illumina.
– C'est vrai ? Incroyable. Tu sais quel poste occupait ton ancêtre ? S'ils se connaissaient bien ? Est-ce qu'il en a parlé ? laissé des écrits ?
L'adolescent se sentit agressé par cet assaut brutal de questions. Espérant qu'elle lui ficherait la paix, il répondit d'un ton excédé :
– Non, je n'en sais pas plus. Il a laissé des lettres, mais il ne mentionne jamais Saint-Exupéry. C'est moi qui ai fait le rapprochement de leur présence simultanée à Borgo, après avoir fait des recherches sur Internet. C'est comme ça que j'ai fait le dessin que vous avez vu. Il n'est pas tiré d'une photo, mais de mon imagination.
Elle eut l'air déçue. Avant qu'elle ait le temps d'ajouter quoi que ce soit ou même de le remercier, il s'éloigna, bien décidé à rejoindre son dortoir, cette fois-ci pour de bon. Là-bas, allongé sur son matelas, sa musique dans les oreilles, il s'endormit.
Au bout d'un certain temps, dans son sommeil, il sentit

qu'on lui secouait le bras. En ouvrant les yeux, il se retrouva nez à nez avec Maxence.

– Hé, c'est l'heure du dîner, lui dit-il. Et t'as loupé la messe.

Il le suivit jusqu'au réfectoire. Là, Léo lui signifia qu'elle lui avait gardé une place, et il lui en fut silencieusement reconnaissant.

– Tu dormais ? sourit-elle quand il se glissa à ses côtés.

Il se contenta de hocher la tête puis se mit à boire le bol de soupe fumant qui avait été déposé devant lui. Elle ajouta à voix basse, sans réussir à masquer son enthousiasme :

– Bon, j'espère que t'es en forme, parce que ce soir… On rend visite à Louis XIV !

Chapitre 13

Des ex-voto, le sanctuaire de Cotignac en regorgeait. Dans l'esprit de Tim et Léo, il représentait une sorte de formidable carrefour des destinées... Destinées qu'ils auraient pu explorer s'ils n'étaient pas constamment entourés ! À défaut de pouvoir s'y promener à leur guise, ils se contentaient de les repérer. Ceux du muret extérieur leur avaient fait forte impression, tant par leur nombre que par leur déconcertante accessibilité. Puis ils avaient contemplé rêveusement ceux, moins nombreux, accrochés sur les murs des chapelles, à l'intérieur de l'église. Il ne s'agissait pas de simples gravures sur une plaque de marbre, mais de véritables peintures illustrant (avec plus ou moins de talent, selon l'œil expert de Timothée) un vœu exaucé ou une protection accordée. Ils devaient cacher des histoires incroyables, des miracles exceptionnels pour mériter leur place sur ce mur.

– C'est bon, il ne reste plus que don Louis-Marie...

La remarque de Léo, partagée à voix à peine audible dans le silence recueilli de l'église, fit opérer à Tim un mouvement de tête vers le chœur. Le prêtre était en effet toujours agenouillé, là-bas devant. En revanche, partout autour d'eux, les bancs s'étaient complètement vidés. La veillée était terminée depuis un bon quart d'heure. Les jeunes qui ne dormaient pas déjà se disputaient sans doute des parties de cartes en bavardant joyeusement

dans la pièce commune... Timothée réprima un bâillement. Pourquoi se laissait-il toujours embarquer dans les plans hasardeux de Léo ?
– Ah, il se lève, chuchota-t-elle.
Don Louis-Marie rebroussa l'allée centrale à pas lents. Parvenu à leur hauteur, il ralentit, comme s'il voulait leur dire un mot. Puis voyant leur air pénétré, les yeux fermés de Léo, ceux de Tim fixés sur la Sainte Vierge... il se ravisa, n'osant pas troubler leur prière.
Le bruit de ses chaussures s'éloigna. Il y eut un grincement de porte, un courant d'air froid, puis le silence. Aussitôt, Léo rouvrit les yeux.
– Ça y est, Tim ! Il n'y a plus que nous.
Elle bondit sur ses pieds, immédiatement imitée par son ami. Ils se faufilèrent ensemble jusqu'à la chapelle latérale où était exposé l'ex-voto royal. Ils se lancèrent un regard à la fois complice et résolu... Puis d'un même mouvement, ils tendirent le bras pour effleurer l'inscription. En réalité, leurs doigts ne rencontrèrent que la vitre du cadre protégeant l'inscription. Et il ne se passa rien du tout... La paroi de verre devait empêcher le phénomène.
– Y a peut-être moyen de décrocher le cadre ? se demanda Léo à haute voix. Vas-y, on fait la courte échelle pour que je regarde.
– Quoi ? Non mais ça va pas ! Là, c'est abusé... Imagine qu'on l'abîme, ou qu'on ne parvienne plus à le remettre !

– Oh, t'es sérieux ? On ne va pas rater une occasion de voir le Roi-Soleil *en vrai* ! Il faut au moins essayer !
– On *a* essayé.
– Pfff, qu'est-ce que tu peux être ennuyeux parfois…
Tim se sentit rougir légèrement.
– Et toi, tu es têtue comme une mule, lui lança-t-il avant de tourner les talons. Bon courage pour le décrocher, bien le bonjour à Sa Majesté, moi je vais me coucher.

*

– Ici, à Cotignac, les pèlerins viennent prier la Sainte Famille. Pourquoi la Sainte Famille ? Quelqu'un peut-il me le dire ?
Don Louis-Marie s'efforçait encore de susciter l'intérêt de son groupe d'adolescents. Ragaillardis par cette nuit dans un vrai lit et un bon petit déjeuner, ils se montraient un peu dissipés, bavardant entre eux à voix basse. Un seul bras s'agita pour donner la réponse.
– Oui, Maxence, soupira le prêtre.
– Facile, *Padre* : ici, il y a eu des apparitions de la Vierge Marie avec l'enfant Jésus, et aussi de saint Joseph. Vous l'avez dit hier !
– Très bien, il y en a au moins un qui suit.
– Vous vous êtes fâchés, avec Timothée ? glissa Judie à son amie.

Léo la regarda avec des yeux trop écarquillés pour être sincères.

– Non, pas du tout, chuchota-t-elle d'un ton catégorique. J'vois pas pourquoi tu me demandes ça.

– Ah. Tant mieux alors…

– En effet, poursuivait don Louis-Marie, sur le mont d'en face se trouve le monastère Saint-Joseph-du-Bessillon. Je vous propose de déjeuner là-bas, mais surtout de parcourir le chemin qui relie les deux sanctuaires en ponctuant notre marche de prières et de chants. Nous pourrons confier ceux qui nous sont chers, tout spécialement nos familles… Parents, grands-parents, frères et sœurs, cousins… Offrir à Dieu les blessures familiales que nous portons.

À ces mots, Ernest lança un coup d'œil à sa fille. Elle fit mine de ne pas le remarquer. Timothée se sentit soudain un peu mal à l'aise. Il était venu à ce pélé pour prier, mais maintenant que cela se concrétisait, il appréhendait un peu. La veille, lors de la soirée de louange dans l'église, il s'était laissé porter par les chants, sans particulièrement songer à invoquer le Ciel. Il fallait dire aussi que cette histoire de rencontre avec Louis XIV lui avait pas mal occupé l'esprit. Aujourd'hui, le moment était venu : il devait prier pour Mamie. Il *fallait* qu'elle se réveille. Il eut aussi une pensée pour ses parents… Y avait-il encore une chance pour qu'ils se réconcilient ? Alors qu'il tentait de soupeser mentalement lequel des deux cas était le plus désespéré, et nécessitait davantage de suppliques vers le Ciel, le groupe amorça la marche.

Des chênes et des murets de pierres défilaient le long de leur route. La cime des arbres frissonnait dans la fraîcheur matinale. La nature entière vibrait sur leur passage, peut-être parce qu'Ernest, en tête de cortège, donnait toute sa voix pour entonner les chants. Les cailloux ripaient sous les baskets, les bouches soufflaient. Une première halte eut lieu devant un petit oratoire croisé sur le chemin. Enora lut un court passage de l'Évangile, sur une bible que lui tenait don Louis-Marie. À ce que Timothée parvint à entendre, ça parlait d'un ange rendant visite à la Vierge Marie pour qu'elle devienne la mère de Jésus.

– Prions pour toutes nos mamans, conclut le prêtre en se remettant en marche.

Et Ernest de chanter : « Je vous saluuuue, Marie, comblée de grâââââce… »

Tout en avançant, Timothée s'efforça de penser à sa mère. Mais difficile de le faire sans songer aussi à son père…

« Alors, heu, Dieu, je te les confie. Que dire de plus ? Ce serait bien qu'ils se remettent ensemble. Enfin, ensemble, mais dans le genre "contents d'être ensemble", hein. Sinon, autant qu'ils restent séparés… Faudrait qu'ils se réconcilient, d'abord, ce serait déjà pas mal. »

Deuxième oratoire, deuxième halte, autre lecture. Tim écouta d'une oreille distraite l'histoire d'une maison bâtie sur le roc et d'un torrent dévastateur, racontée par

Alban. Ensuite, don Louis-Marie relança le mouvement en déclarant :
– Prions maintenant pour nos grands-parents.
Mamie… Elle habitait constamment les pensées de Timothée, mais là, tout spécialement, il fallait faire plus. Il se remit à formuler des paroles intérieures.
« Dieu, je te la confie… Si tu pouvais la guérir, ce serait bien. Ce serait incroyable, même. Je ne sais pas si c'est possible, mais si ça l'est, alors heu… Ben, vas-y, te gêne pas. »
Au troisième arrêt, devant une chapelle miniature dédiée à l'Enfant Jésus, ce fut à Léo de lire un extrait de l'Évangile selon saint Jean.
– « Mon commandement, le voici : Aimez-vous les uns les autres comme je vous ai aimés. Il n'y a pas de plus grand amour que de donner sa vie pour ceux qu'on aime. »
Elle rendit la petite bible au prêtre, qui annonça :
– Maintenant, confions tous ceux que nous avons dans le cœur. À l'exemple de Jésus lui-même, apprenons à mieux les aimer…
Timothée dévisagea Léo, mais elle l'ignorait ostensiblement. Alors que le groupe reprenait la route, il continua à fixer ses longs cheveux d'ébène ondulant sur son sac à dos bleu au rythme de ses pas. La veille, quand il avait rejoint le petit chemin de terre pour rentrer, la nuit lui avait paru plus noire et plus glaciale que jamais. Il regret-

tait de s'être énervé contre son amie, il s'en voulait de l'avoir laissée en plan dans l'église... Mais il ne savait pas comment lui dire.
Soudain, il remarqua qu'elle n'était plus devant lui. Il la chercha des yeux... Il la repéra sur le bord, occupée à renouer son lacet. Son cœur se mit à battre un peu plus fort. Judie n'avait pas remarqué que son amie s'était arrêtée, et elle continuait d'avancer. Quant à Martin et sa bande, ils mettaient un point d'honneur à montrer qu'ils étaient les meilleurs en restant en tête de cortège, adoptant la cadence soutenue de don Louis-Marie. Léo, à l'inverse, allait bientôt se faire dépasser par les derniers. En arrivant à sa hauteur, Timothée ralentit imperceptiblement le pas. Elle se redressa, fit comme si elle ne l'avait pas vu et se remit à marcher. Il n'y avait plus personne derrière eux. Même Amandine, Chantale et les trois adolescentes essoufflées qui traînaient la patte depuis le départ les avaient distancés. De leur position reculée, ils n'entendaient presque plus Ernest chanter...
Alors, Timothée se décida.
– Désolé de t'avoir laissé tomber hier soir... Tu... Tu m'en veux ?
Elle lui lança un regard sombre, en coin.
– C'est bête pour toi, surtout, répliqua-t-elle.
– Ah bon ? s'étonna-t-il. Tu as réussi à y accéder ?
– Tu ne sauras jamais à quel point c'était grandiose. Le roi, sa cour, la procession...

Il la toisa pendant quelques secondes, ne sachant s'il devait la croire ou non.
– Louis XIV était splendide, ajouta-t-elle, tu aurais dû voir sa couronne… Et son sceptre… Il s'en est servi pour m'anoblir. Désormais, il faut m'appeler Madame la Duchesse Léopoldine de Rakotomalala du Montverdaille.
La surprise passée, Tim éclata de rire.
– Madame la Duchesse ! Non mais sérieux, j'ai failli te croire.
Ils s'esclaffèrent, et Chantale et Amandine se retournèrent vers eux. Leur regard perçant les réduisit au silence. Une ombre de sourire aux lèvres, ils diminuèrent encore leur allure pour éviter de les rattraper.
– On va quand même bien trouver un ex-voto à explorer ensemble, dis ? chuchota Léo.
Dans ses yeux, Tim lut tout l'espoir que cette question contenait.
– J'avoue que ce serait bête de repartir sans en avoir au moins vu un, admit-il prudemment.
– Génial ! Il y en aura sûrement là-haut, au monastère !
À son ton enthousiaste, Tim l'imaginait déjà en train de le supplier à chacune des plaques qu'ils croiseraient.
– Va pour un, tempéra-t-il. Faudra bien le choisir…
L'idée parut plaire à la jeune fille.
– OK, alors à celui qui trouvera le plus drôle !
– Celui qui est le plus digne d'intérêt, surtout.

– Hé oh, c'est un peu fort, venant du monsieur qui nous a fait louper Louis XIV…
– Très bien. Comme Madame la Duchesse voudra.
Ils rirent sous cape, quand un cri devant eux les fit soudain lever la tête.
– Oh non !
Amandine avait fait complètement demi-tour et marchait droit sur eux. Les deux adolescents crurent une seconde qu'elle allait les houspiller, leur reprocher de bavarder ou de ne pas marcher assez vite. Mais arrivée à leur hauteur, elle ne les regarda même pas. Elle semblait scruter les pierres du chemin, par-dessus leurs épaules, avec un air tracassé.
– Que se passe-t-il ? s'enquit prudemment Léopoldine.
– J'ai perdu mes clopes, pesta l'accompagnatrice. C'est la poisse, y a pas un seul bar-tabac dans les environs…
À juger l'inflexion de sa voix, c'était une véritable catastrophe.
– On est presque arrivés, souffla Léo. Vous voulez qu'on rebrousse chemin avec vous, pour vous aider à chercher ?
Amandine hésitait. Au loin, les derniers du peloton disparaissaient déjà derrière la butte…
– Non, je ne peux pas vous demander ça…
– Ça ne nous dérange pas, insista Léo.
Timothée restait mutique. Il n'était pas tellement motivé pour redescendre le chemin sur une distance indéterminée,

pour ensuite le monter à nouveau… Il fut soulagé de l'entendre dire :

– Non, non, rattrapez le reste du groupe. Je crois qu'ils veulent faire une photo tous ensemble là-haut, dépêchez-vous de les rejoindre.

– Mais, et vous, Amandine ? protesta l'adolescente. Il faut que vous soyez dessus, vous aussi.

La jeune femme haussa les épaules.

– Ouais… Je vais essayer de faire au plus vite, sinon tant pis.

Elle s'éloignait déjà, et son petit pas trottinant faisait dégringoler une ribambelle de cailloux dans des traînées de poussière.

– Allez-y ! lança-t-elle en désignant l'autre extrémité du sentier. Ne m'attendez pas…

Elle disparut au détour du chemin.

– Tu ne la trouves pas bizarre ? demanda Timothée alors qu'ils se remettaient en marche.

– Parce qu'elle fume et que ses cheveux sont rouges ?

– Elle a aussi des tatouages…

– Mon Dieu ! s'esclaffa Léo. Moi je m'en fiche de son look. C'est don Louis-Marie qui l'a intégrée à l'équipe. Perso, je trouve qu'elle est plutôt sympa, même Chantale a l'air de l'apprécier.

Ces mots firent réfléchir Timothée. Sans doute devait-il faire un effort pour se détacher de l'a priori négatif qu'il avait de cette accompagnatrice.

Ils gravirent en soufflant les derniers mètres du chemin escarpé. Il débouchait devant un grand édifice à la façade blonde et lumineuse. En son centre, une statue de saint Joseph portant l'Enfant Jésus trônait dans une arche sculptée en pierre blanche qui auréolait la double porte sombre de l'entrée. Hormis cette discrète présence qui semblait veiller les arrivées, l'endroit était désert…
– Où sont-ils passés ? s'étonna Tim.
Ils balayèrent du regard les environs. Léo crut percevoir du mouvement en contrebas d'un muret de pierres construit dans la continuité de l'église. Pourtant, une fois rendus là-bas, ils constatèrent qu'il ne s'agissait pas de leur groupe, mais d'une poignée de retraités qui déambulaient sur le site.
– Ils ne doivent pas être bien loin, déclara Léo.
Ils observèrent, intrigués, les agissements des autres visiteurs. Certains étaient penchés sur une sorte de borne en pierre dont les inscriptions du fronton indiquaient : *« Source Saint-Joseph. Puisez avec joie aux sources du Sauveur »,* ainsi qu'une année : 1660. Alors seulement, les deux adolescents remarquèrent que les gens remplissaient des bouteilles à un petit robinet incrusté dans la colonne. Timothée se demanda quelle utilité particulière avait cette eau. Était-elle plus désaltérante ? Faisait-elle des miracles ?
Léo le tira par la manche.
– Regarde, là-bas…

Ils approchèrent d'une drôle de trouée dans le mur de l'église, qui abritait une autre statue de saint Joseph, toujours avec Jésus dans ses bras. Haute d'environ un mètre, d'un blanc immaculé, elle se tenait à la portée de tous les pèlerins. D'ailleurs, une multitude de papiers, de chapelets et de fleurs avaient été déposés sur elle et à ses pieds.
– C'est bien, soupira Tim, mais il faudrait qu'on retrouve les autres, maintenant…
– On n'a pas regardé à l'intérieur de l'église, ils y sont sûrement. On n'a qu'à entrer par cette porte.
Léo poussa le battant en bois d'une porte dérobée, à deux pas de saint Joseph. Contrairement à ce qu'elle avait imaginé, cela ne menait pas à l'intérieur de l'église, mais dans une sorte de petite cave, aménagée juste derrière la statue qu'ils avaient contemplée au-dehors. La lumière du jour perçait à travers la grille en fer noir qui comblait la trouée. Au fond de la pièce, une sorte de puits rocailleux creusé dans le sol laissait échapper un glougloutement discret.
– Oh ! Incroyable, s'extasia Léo, regarde dans ce trou : c'est la vraie source !
Puis elle se détourna pour contempler le dos de saint Joseph, visible à travers la grille.
– Hé, Tim…
– Quoi ?
Le regard de Léo brillait d'un air malicieux.
– Je crois que je l'ai trouvé, notre ex-voto.

Le garçon se rapprocha, intrigué. Quelques plaques en marbre gravées, des petits papiers pliés... Mais ce n'était rien de tout cela que son amie avait repéré. Au milieu de tous ces ex-voto, elle lui montrait un objet coincé entre le socle de la statue et la grille. Cela ressemblait à un petit avion taillé dans du bois. Se pouvait-il qu'il soit lui aussi un ex-voto ?

Avant que Tim ait pu dire quoi que ce soit, Léo l'avait saisi. Elle se figea soudain, la main encore en l'air... Comprenant immédiatement ce qu'il se passait, Timothée fut parcouru d'un frisson. L'engin sculpté était bien un ex-voto. Et Léo avait basculé dans une autre dimension, celle où l'origine de cet objet de dévotion lui serait révélée. Le garçon tourna la tête à droite, puis à gauche. L'endroit était calme, et pour cause : l'accès était normalement interdit au public. Tant mieux, ils ne seraient donc pas dérangés. Il agrippa doucement le bras de Léo pour l'abaisser, glissa ses doigts au creux de sa paume... Et effleura l'une des ailes du petit avion.

Chapitre 14

La mer était agitée. Des vagues s'écrasaient avec vigueur sur des rochers émergeant de l'eau. Des mouettes poussaient des cris perçants, en voletant à travers les nuages moutonneux poussés par des rafales. De temps à autre, des rayons lumineux déchiraient ce voilage, illuminant le tableau qui se dressait sous les yeux de Timothée.
L'adolescent ne sentait pas l'assaut salé du mistral sur sa peau, ni même les caresses du soleil. Il ne pouvait appréhender ce nouvel environnement qu'à travers deux de ses sens : l'ouïe et la vue. D'ailleurs, il distinguait Léopoldine qui lui adressait de grands signes, à quelques mètres de lui. En revanche, il savait d'expérience qu'ils ne pourraient sûrement pas s'entendre. Ils devaient communiquer autrement qu'en utilisant leurs cordes vocales.
C'est justement ce que faisait Léo, elle cherchait à attirer l'attention de son ami par tous les moyens. Dès que Tim fut arrivé à ses côtés, elle tendit l'index vers un point au bord de l'eau, les yeux exorbités de frénésie.
« LÀ, RE-GARDE ! » articulait-elle sans qu'aucun son ne sorte de sa bouche.
Des yeux, Timothée suivit la direction, fronça les sourcils sur le ressac. Il tressaillit. Il venait de repérer l'étrange silhouette à moitié submergée par les vagues, échouée sur les rochers. Un homme blessé…

Il s'approcha, le cœur battant. Ce visage, sous le casque en cuir souple et détrempé, trahissait une grande souffrance. Pourtant, Tim reconnaissait ces traits entre mille, pour les avoir détaillés longuement et reproduits sur le papier…

Antoine de Saint-Exupéry.

Oui, c'était lui : le grand pilote, le célèbre écrivain… Devant lui, en très mauvaise posture. La respiration bruyante, il avait plaqué une main sur ses côtes. L'eau qui affluait à cet endroit en repartait rougie.

– Qui êtes-vous ?

Une voix empreinte d'un fort accent du Sud avait soudain éclaté derrière les deux adolescents. Ils se retournèrent et aperçurent un jeune homme à peine plus âgé qu'eux, qui portait une chemise légère sur un pantalon de toile, et casquette plate sur le crâne. L'anxiété se lisait sur son visage buriné par le soleil. L'une de ses paupières tressautait de manière incontrôlable, donnant l'étrange impression qu'il faisait un clin d'œil en permanence.

Un râle rauque surgit de la gorge du blessé, presque couvert par le bruit des vagues.

– Peu importe qui je suis. Je ne suis déjà plus personne, avec ce truc fiché entre mes côtes.

Le jeune homme eut l'air perplexe, puis suspicieux.

– Vous… Vous êtes un aviateur ?

Saint-Exupéry grimaça.

– Oui. Enfin, ce qu'il en reste.

Puis, baissant les yeux sur son buste ensanglanté :
– Ouch, c'est pas beau à voir.
Le garçon l'observait silencieusement, les bras ballants. Il n'esquissait pas le moindre mouvement, si ce n'était celui de son œil.
– Comment tu t'appelles ? demanda Saint-Exupéry, le souffle rauque.
– Célestin.
– Très bien, Célestin. Tu… Argh. Tu… comptes appeler du secours ?
Sans répondre, le jeune homme gratta le fin duvet qui poussait sur son menton anguleux, l'air contrarié, la paupière toujours tremblante.
– C'est que… Ici, c'est une île. Il n'y a personne, *dégun*. Il n'y a que moi.
– Ah, soupira le blessé, comme s'il était soulagé. C'est peut-être mieux ainsi. Tu es pêcheur ?
– Non, je suis berger.
– Oh… berger…
Les yeux à demi-clos, Saint-Exupéry murmura :
– Tu gardes des moutons.
Célestin dodelina de la tête.
– Oui, enfin… Mon troupeau n'est pas là, l'est sur la rive, dans les calanques.
L'aviateur fut secoué d'un rire qui frôlait la quinte de toux.

– Un berger… sans moutons… sur une île dé… déserte ? Curieux…
Une fois apaisé, il souffla, les yeux clos :
– Si j'avais su que ça se finirait comme ça…
Sous le regard éberlué du jeune homme, ainsi que des deux spectateurs invisibles, Saint-Exupéry s'affaissa lentement contre les rochers. Était-il… mort ? Son corps ne bougeait plus que par l'effet du ressac, comme si la mer voulait le bercer avant de l'emporter pour l'ultime voyage. Célestin se figea. Il semblait en proie à un terrible dilemme. Les spasmes de son œil s'intensifiaient, le paralysant totalement. Il fit quelques pas à reculons. Puis il se retourna soudain et courut jusqu'à l'escarpement de la falaise. Il ne s'arrêta qu'à l'extrême limite, et contempla les flots en contrebas, comme hypnotisé par l'écume qui léchait les pointes rocheuses. Tim et Léo se lancèrent un regard inquiet. Penché au-dessus du précipice, le berger était tout près de tomber. Le mouvement de son buste, pourtant très lent, semblait se poursuivre inexorablement jusqu'au moment où l'équilibre serait rompu. « Attention ! » Les deux adolescents voulurent crier, mais le son de leur voix se perdit, bloqué dans une autre dimension.
– Hé là ! Qu'est-ce que tu fais ?
Dans un sursaut, Célestin valdingua en arrière. Il se redressa d'un bond sur ses pieds, et revint vers l'aviateur. C'était bien lui qui l'avait apostrophé : il avait rouvert les yeux, et grimaçait encore de douleur.

– Ça vous r'garde pas ! répliqua-t-il, contrarié.
– Si tu sautes, j'aurais du mal à te rattraper.
À ces mots, le berger se figea. Il dévisagea longuement le blessé, les joues rosies de honte, les sourcils froncés sur sa paupière tressautant. Saint-Exupéry soutint son regard, haletant, un petit sourire au coin des lèvres.
– Qu'est-ce que tu es venu faire sur ce caillou désertique ? Tu ne veux plus t'occuper de tes moutons ?
Le jeune homme ne répondit pas. Il se laissa tomber à terre, son grand corps secoué de sanglots. Puis, enfin, il bégaya :
– Non. Je... Je n'y arrive plus. Sans elle, je... Je ne peux pas. Depuis qu'ils l'ont prise, ma vie n'a plus aucun sens.
Les mouettes qui voletaient au-dessus de l'île semblaient rire. Rire des larmes du berger amoureux, rire du pilote au corps détraqué qui, peu de temps auparavant, les côtoyait dans l'immensité du ciel. Célestin les contempla un moment, comme perdu dans ses souvenirs. Enfin, il se mit à raconter d'une voix tremblante :
– La première fois que je suis venu ici, c'était avec elle... Rosalie. Mon amie depuis toujours. Ses parents sont des pêcheurs de Marseille. Quand elle était *pitchoune*, elle adorait explorer les criques des calanques. C'est comme ça qu'on s'est rencontrés.
Le blessé avait refermé les yeux. Sa mâchoire contractée trahissait la douleur qui l'assaillait. Pourtant, il écoutait. Célestin renifla bruyamment avant de reprendre :

– Elle connaissait plein de choses, et elle était belle. Ah, *peuchère* ! Comme elle était belle ! Vous auriez vu son sourire. Le jour de mes douze ans, elle a voulu me faire une surprise. Elle a emprunté une barque à ses parents, et elle est venue me chercher pour me faire découvrir son « île secrète », comme elle l'appelait. C'est ici, ce caillou désertique. L'île de Riou.
– Que lui est-il arrivé, à ta Rose ? demanda Saint-Exupéry d'une voix rauque.
– Rosalie, rectifia Célestin. Quand la guerre a éclaté, elle s'est engagée dans la Résistance. Elle a essayé de m'y faire participer, de rejoindre ces *fadas* de maquisards. J'ai refusé. Trop peur, c'est pas pour moi ça, je suis un vrai couard ! Et puis, d'toute façon, j'vois pas bien en quoi j'aurais pu les aider, avec mes yeux détraqués.
– L'essentiel est invisible pour les yeux…
La voix de Saint-Exupéry n'avait été qu'un murmure, le berger ne sembla pas l'avoir entendue.
– Mais vous savez, j'avais bien senti ! reprit-il. Il y a trois jours, une de leur mission a *cagué*, ils se sont fait *aganter*.
– Exécutés ? souffla l'aviateur.
– Non. Même s'il aurait sans doute mieux valu. Ils l'ont torturée, la pauvre. Je ne sais pas si elle va s'en sortir. Et tout ça, c'est de ma faute. Ah, *peuchère* ! J'aurais dû la dissuader dès le début !
Le jeune se remit à gémir. L'aviateur lui lança un regard éberlué.

– Attends. Tu veux dire qu'elle est encore en vie ?
– Je ne sais pas… Aux dernières nouvelles, elle était soignée par des bonnes sœurs dans la basilique. Mais les Allemands interdisent tout contact extérieur. Elle est encore leur prisonnière… Je ne peux pas supporter l'idée qu'ils recommencent à lui faire du mal.
Saint-Exupéry prit une grande inspiration qui lui provoqua un rictus de douleur. Il toussa avant de réussir à articuler péniblement :
– Écoute-moi bien, Célestin. S'il existe encore… encore une toute petite chance que tu puisses la secourir, saisis-la. Se morfondre ici n'aidera en rien, ni ta belle, ni personne.
Il reprit son souffle, tout en esquissant un geste pour empêcher le garçon de l'interrompre.
– Et si tu penses manquer de bravoure, reprit-il, laisse-moi… te dire une chose. Le 15 août, des braves vont débarquer par milliers sur ces côtes. Ils vont libérer la France, et tu peux en profiter pour sauver ta Rose… ta Rosalic.
– Vous croyez ?
L'aviateur sourit péniblement.
– Ce débarquement est une information top secrète, n'en parle pas. Mais tu le sais maintenant, fais-en bon usage.
Célestin se mit à réfléchir à toute allure, sa paupière battant frénétiquement.
– Oui, vous avez raison ! Si des troupes alliées arrivent, ça change tout ! Elles vont faire *descampar* ces fichus

boches ! Rosalie sera libérée, je vais pouvoir la revoir, lui dire que je regrette.

Le berger sauta sur ses pieds.

– Je… Je dois y aller !

Il se mit à courir dans tous les sens, puis il sembla se souvenir de la présence du blessé et de tout ce que cela impliquait.

– Restez là, je… Enfin, je veux dire heu… J'reviens *tot d'un temps*, je vais chercher ma *barca*.

Tim et Léo le virent s'éloigner, mais ne le suivirent pas, trop fascinés par l'homme qui agonisait devant eux. Timothée, surtout, avait l'impression que le sang bouillonnait dans ses tempes, survoltait tout son être. Il n'arrivait pas à le croire : il était devant Saint-Exupéry. Si seulement il pouvait lui parler ! Puis, la seconde d'après, il se demanda, un peu honteux : s'il avait été réellement présent, aurait-il osé, vraiment ? Même invisible et inaudible, il se sentait intimidé par cette présence. Pourtant, il aurait donné cher pour pouvoir lui demander l'explication du cadeau de son papy. Explication qu'il n'aurait sûrement jamais.

À présent que le berger était parti, l'aviateur ne contenait plus ses râles. La douleur s'était intensifiée, elle le faisait délirer. Il parlait tout seul, sans discontinuer, les dents serrées. Il récitait des phrases comme des prières, peut-être ces litanies païennes devaient-elles lui redonner courage à l'heure du trépas.

– Mon petit renard, je suis foutu, mais c'est curieux, cela ne m'a pas empêché de m'intéresser à ton humeur. C'est bien d'avoir eu un ami, même si l'on va mourir.

Timothée jeta un coup d'œil vers Léopoldine. À voir son expression, il lui en coûtait de ne rien pouvoir faire pour aider cet homme blessé. Elle ignorait son identité, mais elle se doutait qu'ils assistaient à ses derniers instants, et rien que cela la chamboulait. Pour Tim, ce moment était à la fois tragique et inouï : le voile du mystère entourant sa mort se déchirait devant eux.

– Je ne regrette rien. J'ai joué, j'ai perdu. C'est dans l'ordre des choses. Mais, tout de même, je l'ai respiré, le vent de la mer. Ceux qui l'ont goûté une fois n'oublient pas cette nourriture. N'est-ce pas, camarades ? Et il ne s'agit pas de vivre dangereusement. Cette formule est prétentieuse. Les toréadors ne me plaisent guère. Ce n'est pas le danger que j'aime. Je sais ce que j'aime. C'est la vie.

Avec un gémissement, il poussa soudain sur son bras pour amorcer un mouvement… Un mouvement qui enfonça un peu plus son torse dans les flots. La tournure que prenait la vision devenait insoutenable pour Léo, elle disparut sans un bruit. Tim ne le remarqua pas. Lui, au contraire, se rapprochait de l'eau, hypnotisé.

– Quand nous prendrons conscience de notre rôle, continuait de murmurer Saint-Exupéry, même le plus effacé, alors seulement nous serons heureux. Alors seulement nous pourrons vivre en paix et mourir en paix.

Les vagues lui caressaient le menton.

– Car ce qui donne un sens à la vie… donne un sens à la mort.

Sur ces derniers mots, son corps s'enfonça dans l'eau. Il fut bientôt complètement englouti, et Tim resta pétrifié. Cette phrase ! C'était mot pour mot celle inscrite dans l'exemplaire du *Petit Prince* appartenant à Papy !

Il scrutait les vagues à la recherche de l'aviateur, mais au fond de lui, il avait déjà compris qu'il ne resurgirait plus.

Chapitre 15

Il était impossible de dire combien de temps Timothée resta ainsi à guetter les remous marins.

Les vagues ne ramenèrent que Célestin sur sa barque. Le berger scrutait le rivage, sa paupière tressautant sans cesse, décontenancé de retrouver l'endroit désert. Il crut s'être trompé et rama un peu plus loin. Il fit ainsi le tour de l'île, sans succès. Désemparé, il finit par mettre pied à terre et chercha partout, animé par le fol espoir que l'aviateur ait réussi à se tirer de l'eau. Quand il comprit qu'il ne reverrait pas l'inconnu, il se résigna à repartir seul, l'air affligé.

La vision ne s'estompait pas. Timothée comprit soudain que bien que Léo fût retournée dans le présent, elle ne l'interrompait pas non plus. Il décida alors de suivre Célestin. Il sauta dans son embarcation, mais quand il se réceptionna sur le fond plat, ce fut comme s'il avait atterri sur un épais tapis. Imperturbable, le berger ramait, inconscient d'avoir un passager invisible. Tim jeta un regard sur l'île qui s'éloignait derrière le bleu de la mer. Ce caillou sur lequel Saint-Exupéry avait sauvé une dernière vie, au moment où la sienne s'achevait.

Il fut surpris dans sa contemplation par la voix du berger, qui pestait tout haut contre lui-même.

« Célestin, tu as encore raté une occasion de sauver quelqu'un. *Que couiounado*[1] ! »
Il répéta cette expression plusieurs fois au cours de son trajet, ponctuée de soufflements bruyants. Tim n'aurait su dire si c'était davantage par énervement qu'à cause de l'effort physique qu'il fournissait. À mesure que le rivage approchait, le bleu de la mer éclaircissait. L'embarcation fendait à présent une eau turquoise entre de gigantesques falaises dentelées. Le paysage aride se revêtait de nuances ocre en cette fin de journée d'été, et donnait à Timothée l'impression d'être immergé dans une véritable carte postale.
L'avant de la barque s'enfonça dans le sable, Célestin sauta à terre pour la tirer plus loin, à l'abri des assauts du ressac. Il récupéra son bâton de marche posé dans le fond, réajusta sa casquette puis se mit à gravir un sentier escarpé. Durant son ascension, le soleil opéra sa descente à l'horizon. Les cigales offraient leur plus beau concert avant que le rideau nocturne ne tombe. Bien que lui-même n'éprouvât aucune peine à le suivre, Timothée était impressionné par l'endurance de son guide sur ce relief abrupt et glissant.
Après une dernière crête, un vallon de garrigue apparut dans l'ombre. Tandis qu'ils gagnaient l'unique chaumière en pierres sèches qui s'y trouvait, un chien bondit à la

---

1. *Que couiounado* : expression provençale signifiant quelque chose comme « quel cornichon » ou « quelle andouille ».

rencontre de Célestin. C'était une belle bête, vigoureuse, au long poil noir et blanc, qui aboyait joyeusement en lui léchant les mains. Le jeune homme semblait partager son bonheur tout en faisant le tour de sa modeste propriété.

– Hé oui, *amigàs*[1] ! Me revoilà ! *Doumací*[2], tu as bien travaillé pendant mon absence. *Lou tropèu de fedas*[3] est toujours là.

Célestin observa les brebis rassemblées dans un renfoncement du vallon. S'étant assuré qu'aucune ne manquait, il les laissa paître tranquillement et retourna à la cabane. À l'extérieur, non loin de la porte, se trouvait un cercle de pierres sèches empli de cendres. Il entreprit d'y faire un feu.

– Tu sais, *amigàs,* dit-il à son compagnon poilu tout en contemplant les flammes, je cherche pas la castagne, tu m'connais. Mais va falloir être *coratjós*[4]. J'vais sauver la Rosalie !

Le chien lui retourna un regard interrogateur.

– Si, si je te l'*segure*[5]. Il l'a dit, *lou pilòt*[6]. Le 15 août, les troupes vont *desbarca*[7].

---

1. *Amigàs* : mon ami.
2. *Doumací* : Dieu merci.
3. *Lou tropèu de fedas* : le troupeau de brebis.
4. *Coratjós* : courageux.
5. *Segure* : assure.
6. *Lou pilòt* : le pilote.
7. *Desbarca* : débarquer.

À ces mots, Célestin s'arrêta, pétrifié, comme s'il prenait conscience d'une énormité.
– Le 15 août… jour de la Sainte-Marie ! Aujourd'hui, l'est que le 31 juillet. Ah, *peuchère* ! J'ai peur d'me débiner d'ici là.
Il se gratta le menton, sa paupière tremblotait plus que jamais.
– Je sais ! s'écria-t-il soudain, faisant sursauter son ami à quatre pattes.
Il s'empara d'un large bout de bois qui traînait à terre, puis à l'aide d'un canif sorti de sa poche, il se mit à le tailler. Entre ses doigts agiles, la matière se transformait, faisant bientôt apparaître une base grossière prolongée de deux ailes plates.
– Tu vois ça ? Je vais l'offrir à *Sant Jòusè*[1], tu sais bien, le mari de sainte Marie. Je suis sûr qu'il a envoyé ce *pilòt* pour me sauver, et pour qu'à mon tour, je sauve Rosalie. Je vais le remercier, et lui, il va me donner *lou coratge*[2] dont j'ai besoin !
À présent, la nuit était tombée. Timothée frissonna, bien que la fraîcheur du soir ne pût l'atteindre. Il regardait les étoiles s'allumer une à une au firmament en songeant à l'aviateur qui avait fait son dernier atterrissage sur l'une d'elles, auprès d'un petit prince et sa rose.

---

1. *Sant Jòusè* : saint Joseph.
2. *Lou coratge* : le courage.

Au coin du feu, le chien s'était endormi. Son maître, trop concentré, ne l'avait pas remarqué.

– C'est décidé, *amigàs. Lou tropèu va acaumar*[1], et moi, je pars à Cotignac dès demain.

*

– Tim ! C'est pas trop tôt !

Le garçon secoua la tête, déboussolé. Il venait de quitter Célestin sous le ciel étoilé pour se retrouver propulsé en une seconde dans cette excavation exiguë. Plantée devant lui, Léo le considérait d'un air impatient.

– Hé, oh, ça va ? Tu redescends sur terre ?

Elle semblait bien remise de ses émotions. Lui, non.

– C'était lui ! bafouilla-t-il enfin. C'était... C'était Saint-Ex !

La jeune fille fronça les sourcils.

– Qu'est-ce que tu dis ?

Le blessé, dans la mer... L'aviateur... C'était Saint-Exupéry !

– Tu... Tu en es sûr ?

– Certain.

Estomaquée par cette révélation, Léo s'adossa à la paroi rocheuse derrière elle.

– Mais... Mais alors... Ce n'est pas possible. Il n'a pas été secouru ?

1. *Acaumar* : paître, se reposer.

– Non. Il a disparu dans la mer. Mais ça, ce n'est pas tellement surprenant, vu qu'on n'a jamais retrouvé son corps.
– Peut-être, s'insurgea-t-elle, mais tout le monde ignore qu'il a survécu à son crash, et qu'il aurait pu être soigné. Ce berger était vraiment stupide et sans-cœur !
Timothée tourna la tête vers la statue de saint Joseph, dans la trouée de lumière. Le petit avion sculpté avait retrouvé sa place, coincé entre le dos du patriarche et la grille de métal.
– Non, rétorqua-t-il. Dans tous les cas, je pense que Saint-Ex se savait condamné. Il a eu une dernière occasion de sauver une personne. Peut-être même deux.
– Hé ! Mais… qu'est-ce que vous fichez là ?
Derrière la grille, un visage venait d'apparaître et les contemplait d'un air à la fois ahuri et contrarié.
– On vous cherche partout ! tonna Ernest.
Les deux adolescents le rejoignirent à l'extérieur en vitesse, le feu aux joues.
– On peut savoir ce que vous faisiez ?
– On vous cherchait, répliqua Léo.
– Vous nous cherchiez ? Ici ?
– Bah oui, quand on est arrivés devant l'église, on n'a vu personne. Alors on a fait le tour : toujours personne. On a pensé que vous étiez à l'intérieur donc on a ouvert cette porte.
– Oui, et ?

– Bah… Personne.

Devant les traits furibonds du père de Léo, Timothée avait envie de disparaître six pieds sous terre. Son amie, à l'inverse, soutenait le regard suspicieux qui la toisait.

– Bon, allez, venez, maugréa Ernest. J'vous ai à l'œil, désormais.

Il les emmena aux abords du sanctuaire, où le groupe profitait de l'ombre des chênes et des cyprès pour déjeuner. En les voyant arriver, don Louis-Marie se redressa :

– Ah, voilà enfin les retardataires ! sourit-il, visiblement soulagé. On s'est inquiété de ne pas vous voir arriver. Allez chercher votre pique-nique auprès de Chantale.

Ils obéirent, réalisant qu'ils étaient affamés.

– Ernest, voulez-vous bien prévenir Amandine que Timothée et Léopoldine sont ici avec nous ? La pauvre doit toujours être en train de faire le tour du monastère.

D'un signe de tête affirmatif, le Malgache s'éloigna en croquant dans un sandwich, non sans avoir fusillé du regard les deux jeunes au passage.

Il revint quelques instants plus tard, sans son casse-croûte, mais en compagnie d'Amandine. Apparemment, elle avait retrouvé son paquet de cigarettes. Elle aussi avait l'air furieuse. Ses yeux détourés de khôl noir lançaient des éclairs dans la direction de Tim et Léo, assis tous les deux non loin de Chantale qui distribuait les repas. Mal à l'aise, ils firent mine d'être absorbés par le fond de leur paquet de chips.

– Merveilleux ! s'exclama le prêtre. Maintenant que nous sommes au complet, et une fois que tout le monde aura fini son repas, on va pouvoir visiter les lieux. J'aimerais qu'on prenne un temps pour confier tout spécialement notre établissement à saint Joseph, puisqu'il en est le saint patron ! On en profitera pour faire notre photo de groupe à ses côtés.

Alors que Léo attaquait son jambon-beurre, Timothée mâchonnait encore ses chips d'un air pensif.

– J'aurais aimé savoir si Célestin a réussi, souffla-t-il.

– Réuchi quoi ? répondit Léo, sans prendre le temps d'avaler sa bouchée.

– À sauver Rosalie.

Elle déglutit et objecta d'une voix ironique :

– Bonne question, vu qu'il n'a même pas levé le petit doigt pour Saint-Ex.

– Chuuut !

Tim crut voir Amandine tourner brusquement la tête vers eux quand Léo prononça ce nom.

– Non mais sérieusement, reprit-il à voix plus basse quand elle se fut détournée, dans la deuxième partie de la vision, il avait l'air sacrément résolu.

– Ah. Bah c'est cool.

– Ouais. Mais bon, on ne saura jamais s'il l'a fait.

Léo se figea soudain, comme traversée d'une idée lumineuse. Elle planta son regard flamboyant dans le sien.

– Mais si Tim, voyons, il y a un moyen de le savoir !

– Hein ? Comment ?

Elle lui adressa un sourire énigmatique avant de mordre à nouveau dans son sandwich.

– Fachile.

Impassible, Timothée attendit patiemment qu'elle daigne finir sa bouchée et livrer son explication.

– Il suffit de trouver un ex-voto qui nous plongera dans la libération de Marseille !

Il soupira.

– Excuse-moi, mais autant chercher une aiguille dans une botte de foin. On risque de devoir toucher des centaines ou des milliers de plaques avant de trouver la bonne.

– Hum, pas du tout. À Marseille, je suis sûre qu'il doit y en avoir des tas qui peuvent nous y emmener !

– À Marseille ?

Elle haussa les épaules en croquant la fin de son pain.

– Oui. Cha tombe bien : on y chera cheudi.

Chapitre 16

Des gouttes de sueur perlaient sur le front rouge du chauffeur qui tenait le volant braqué.

– Nomdedioudenomdediou…

Puis, se rappelant la présence de don Louis-Marie sur le siège derrière lui :

– Oh, s'cuzez, M'sieur le curé.

– Ne vous en faites pas, Marcel. Allez-y, vous vous en sortez très bien.

Le conducteur en avait vu, des routes sinueuses et escarpées, mais de sa carrière, jamais il n'avait dû prendre des virages aussi obtus avec un car aussi long.

Un concert de borborygmes résonna en écho, à l'extrémité opposée… Marcel n'était pas le seul à maudire les lacets à répétition des routes de l'arrière-pays provençal. Les compères installés sur les places du fond en faisaient aussi les frais.

– Oh non, ils ont encore vomi ! cria quelqu'un.

– J'y vais, proposa Chantale.

Elle remonta l'allée centrale avec son air affable indéfectible. Léo se montrait beaucoup moins compatissante. Quand l'accompagnatrice les eut dépassés, elle dit à Judie :

– S'ils avaient porté leur bob sans faire d'histoire, aussi, ils ne seraient pas dans cet état.

La veille, don Louis-Marie avait emmené tout le groupe

en randonnée, dans le magnifique parc naturel de la Sainte-Baume. Partant de l'hostellerie où ils logeaient depuis deux jours, ils étaient montés à la grotte de sainte Marie-Madeleine en suivant le chemin des Roys. Comme il y avait déjà fait sa petite présentation guidée l'avant-veille, le prêtre avait célébré la messe, puis ils étaient partis à l'assaut des sommets escarpés. Les jeunes se souviendraient longtemps du panorama idyllique devant lequel ils avaient pris leur pique-nique ; la Méditerranée d'un côté, les montagnes aux pointes blanchies de l'autre. En les contemplant, Ernest avait fait remarquer d'un ton soulagé que février était si doux qu'ils n'avaient pas eu à affronter la neige.

En effet, au contraire même, le soleil tapait fort : tous les jeunes s'étaient vu attribuer un bob pour protéger leur crâne. Un couvre-chef vert pomme, remplissant merveilleusement bien sa deuxième fonction de signe distinctif pour tous les membres du groupe. Maxence et Alban avaient décrété que c'était trop laid et qu'ils n'en avaient pas besoin. Martin avait bien essayé de leur faire entendre raison, sa formation de jeune sapeur-pompier l'ayant aidé à mettre à la fois son orgueil de côté et ce truc vert sur la tête. Hélas, ainsi affublé, il avait seulement réussi à provoquer leur hilarité à chaque fois qu'il avait ouvert la bouche. Résultat : ils avaient attrapé une vilaine insolation, mais avec style.

L'élégance n'était plus de mise ce matin, tandis qu'ils

repeignaient le fond du car et viciaient l'air de tout le monde.

Le groupe quittait le havre magnifique et caché de la Sainte-Baume pour rallier la cité phocéenne. Changement d'ambiance en perspective…

Marcel soupira d'aise quand le car s'engagea enfin sur la quatre-voies. Il se crispa de nouveau dans le trafic citadin, une fois confronté à la conduite nerveuse des chauffeurs. Enfin, il put arrêter le moteur sur le parking du collège-internat où ils allaient loger ces prochains jours.

– Bienvenue à Marseille, chers amis ! s'écria don Louis-Marie en descendant.

Un peu plus tard, quand tout son petit monde fut installé et restauré, il annonça le programme de l'après-midi.

– Impossible de passer ici sans rendre visite à la Bonne Mère, déclara-t-il. Nous nous rendons sur-le-champ à la basilique Notre-Dame-de-la-Garde !

Léo lança un regard complice à Timothée. Enfin, ils allaient pouvoir se mettre à la recherche de leur ex-voto, pour découvrir la destinée de Célestin.

*

Pour le plus grand bonheur de Marcel, don Louis-Marie l'informa qu'il n'aurait pas besoin de les conduire, le groupe pouvait y aller à pied depuis le logement.

Les adolescents s'engagèrent joyeusement dans les ruelles étroites qui se déployaient tel un labyrinthe devant eux. L'air chargé du parfum de la mer chatouillait leurs narines.

Au détour d'une habitation, la basilique Notre-Dame-de-la-Garde apparut, dominant la ville depuis son sommet rocheux. Émerveillée, Chantale montra du doigt l'immense silhouette d'or trônant sur le clocher.

– C'est elle, la Bonne Mère[1] ! s'écria-t-elle.

La montée était raide, mais chaque tournant leur offrait une vue de plus en plus splendide sur la cité phocéenne. L'horizon se fondait entre le bleu de la mer Méditerranée et le ciel azuré. D'ici, le port immense et ses bateaux ne semblaient être que de petites coquilles de nacre immobiles sur un tapis bleuté.

Enfin, ils parvinrent à l'esplanade. La basilique se dressait devant eux, rayonnante de majesté sous le soleil provençal. Avec ses mosaïques de pierres chatoyantes, ses arcades cannelées de vert et de blanc, son pont-levis et sa coupole romano-byzantine, l'édifice avait l'air tout droit sorti d'un autre monde.

De plus près, la statue dorée de la Vierge à l'Enfant, perchée au sommet, était encore plus impressionnante de beauté. Son regard doux penché sur la ville, elle sem-

1. La « Bonne Mère » est une expression utilisée par les Marseillais pour désigner la statue de Notre-Dame-de-la-Garde, culminant à plus de 150 mètres sur le clocher de la basilique, qui veille sur eux et sur la ville.

blait tout à la fois veiller sur ses habitants et accueillir chaque visiteur qui avait le courage de monter jusqu'à cette forteresse.

Une fois à l'intérieur, il y avait tant à regarder, à contempler, à détailler. Les peintures, les pierres et les ors s'entremêlaient dans une harmonie fabuleuse. Les coupoles en marbre blanc de Carrare et marbre rouge de Brignoles étaient à couper le souffle. Les bougies allumées çà et là projetaient des ombres dansantes sur les murs où les scènes religieuses dévoilaient un peu du mystère qui se cachait en ce lieu.

Judie, la main posée sur son cœur, murmura :

– C'est encore plus beau que ce que j'avais imaginé.

Tim et Léo n'étaient pas en reste d'émerveillement : les ex-voto surgissaient de partout, sur tous les murs, du sol au plafond.

– Regardez ça ! s'exclama Martin.

Il désignait une dizaine de navires miniatures suspendus dans les airs.

– Magnifique ! s'extasia don Louis-Marie. Ils ont dû être offerts par des marins ou des pêcheurs de Marseille, qui ont obtenu la protection de la Bonne Mère.

Il était heureux de constater que le charme des lieux opérait sur ces jeunes âmes.

– Dites, mon père, souffla Chantale d'une petite voix, vous savez si on peut monter dans le clocher ? Voir la Bonne Mère de plus près ?

– Vous voulez dire la statue dorée qui surplombe la ville ? J'ai entendu dire qu'elle était creuse, et qu'un escalier permettait de monter jusqu'aux yeux. Le panorama doit être grandiose, à travers ce regard.
– Génial, on peut y aller, *Padre* ?
– Je crois que c'est fermé au public, malheureusement.
Ernest s'esclaffa :
– Enfin, *Padre*, moi qui pensais que vous aviez vos accès partout !
– Hélas, sourit le prêtre. Mais nous pouvons aller sur la terrasse des ex-voto, je pense qu'elle vaut le coup d'œil, elle aussi.
Alors que Timothée s'apprêtait à suivre le mouvement, captivé par toute cette visite, Léo le retint par la manche :
– Non, Tim, viens voir. J'ai trouvé !
Elle l'entraîna devant un pan de mur sur lequel des cadres de toutes les tailles et de toutes les formes étaient disposés. L'un d'eux, avec ses moulures dorées, exposait fièrement un morceau de tissu divisé en bandes verticales de rouge et de blanc, avec en son centre trois croissants de lune enchevêtrés. « *Fanion du général de Monsabert. Offert en reconnaissance lors de la Libération de Marseille, 23-28 Août 1944.* »
Une plaque de marbre avait été ajoutée en dessous :
« *Le 25 août 1944 cette basilique a été délivrée et préservée de la destruction par une protection manifeste de Notre Dame.*

"C'est elle qui a tout fait", a déclaré le Général de Monsabert, Libérateur de Marseille. »

La voix d'Amandine résonna soudain derrière eux et les fit sursauter.

– Sur ce fanion, les trois croissants bleu, blanc et rouge sont les emblèmes de la 3e D.I.A., déclara-t-elle sur un ton de guide touristique. La 3e division d'infanterie algérienne, commandée par le général de Monsabert. Cet emblème rappelle que plusieurs forces se sont unies pour libérer la France, notamment celle des Algériens.

Elle émit un petit rire sardonique, puis observa :

– C'est quand même fort de dire que c'est Notre Dame « qui a tout fait », alors que ce sont des musulmans qui ont réussi à chasser les Allemands de cette basilique.

Puis, ses lèvres rouges étirées en un sourire narquois, elle s'éloigna pour rejoindre le reste du groupe sur la terrasse extérieure.

– Hmm, souffla Tim.

– Vite, on n'a pas beaucoup de temps.

– Hum, je suis d'accord, mais comment on est censé faire pour toucher le fanion ? Il est dans un cadre vitré, accroché à deux mètres de hauteur !

– Tu n'as qu'à me faire la courte échelle.

Timothée émit un soupir agacé.

– C'est pas vrai ! Tu ne vas pas recommencer !

– Ça va, c'était pour rire. On n'a qu'à toucher la plaque qui est juste en dessous.

– Ah oui, pas bête.
Il balaya du regard les alentours. Il ne repéra aucun visage connu parmi les visiteurs qui déambulaient non loin d'eux. Visiblement, tout leur groupe était rendu à l'extérieur, sur la terrasse.
– Attends, objecta-t-il, on est quand même au beau milieu de la basilique ! Il vaudrait peut-être mieux qu'un seul de nous deux plonge, pendant que l'autre le couvre.
Léo le contempla, l'air d'abord outré, puis avec une moue de dépit, elle marmonna :
– Oui, t'as pas tort. Allez, vas-y. Tu me raconteras.
– Merci Léo.
– T'en fais pas, tu me le revaudras.
Il tendit le bras, effleura le marbre et ses gravures rouges. Le visage de Léo et sa fossette malicieuse s'estompèrent peu à peu… pour laisser place à celui d'un homme à la moustache blanche soigneusement taillée sous un nez épaté. On aurait pu le décrire comme un grand-père à l'allure débonnaire, abstraction faite de son uniforme et de la farouche détermination qui brillait dans son regard. Timothée se demanda s'il s'agissait du fameux général Monsabert, qui avait offert son fanion à Notre-Dame. Un homme entra soudain dans la pièce et le salua à la manière des militaires.
– Ah, Sudre, vous voilà ! s'exclama le premier.
À peine plus jeune que lui, rasé de près, ce nouvel arrivant avait les traits taillés à la serpe, quelques stries au coin

de ses yeux intelligents. Il portait également l'uniforme et un casque floqué de deux étoiles, coincé sous son bras.
– À vos ordres, mon général.
Ledit général se mit à arpenter le bureau, en donnant l'impression de choisir ses mots avec soin.
– Comme vous le savez, l'accès à Notre-Dame est impossible depuis le 15 août.
Comme l'autre opinait imperceptiblement du chef, il poursuivit :
– L'heure est venue de libérer la basilique. Elle constitue à la fois une position stratégique et un symbole fort. Dès demain, général Sudre, vous lancerez vos troupes à l'assaut de la colline de Notre-Dame-de-la-Garde, en tâchant de préserver le sanctuaire. Je compte y faire dire une messe d'action de grâce après notre victoire.
– Bien, mon général.
– Rassemblez vos hommes. Assaut prévu à l'aube.
– Compris, mon général.
Vous pouvez disposer.
Après un nouveau salut, Sudre tourna les talons. Profitant du fait qu'il ait ouvert la porte, Timothée se glissa juste derrière lui. Invisible pour les soldats en faction, il put sortir sans encombre du magnifique hôtel particulier qui servait de quartier général aux troupes de la Libération. Dans la rue, ce fut le choc. Les grands boulevards déserts, des bâtiments détruits, des éboulis et des barbelés dans tous les recoins. Tout semblait figé dans le soir tombant.

Timothée ressentait un malaise grandissant en parcourant le macadam. Il avait l'impression d'être épié à travers les multiples fenêtres qui le cernaient. Une affiche placardée à la hâte sur le tronc d'un arbre grillé prévenait les passants : « *Attention, la Bonne Mère tire !* » Si cette idée le fit sourire, il réprima un frisson en comprenant qu'il ne le prendrait pas autant à la légère s'il avait été réellement présent. Heureusement, il ne pouvait pas être pris pour cible, il pouvait se rendre à la basilique sans crainte. Célestin avait bien dit que Rosalie était retenue là-bas, non ?

De toute façon, Tim n'avait aucun moyen de savoir où ce bougre se trouvait, ni même s'il était réellement venu jusqu'à Marseille. Il n'allait pas arpenter la ville en long et en large pour essayer de le trouver. Peut-être s'était-il « débiné », comme lui-même le craignait au cours de la précédente vision.

Non, le plus simple était de l'attendre là où il était censé se rendre, au bout de sa quête. Ainsi Timothée saurait rapidement si les deux jeunes gens s'étaient retrouvés.

Gagner la basilique ne fut pas compliqué, on l'apercevait de n'importe quel coin de la ville. Tim suivit un dédale de ruelles, trouva la montée qui permettait d'arriver sur l'esplanade. Il fut presque soulagé de découvrir la basilique intacte. Il contempla la lueur mordorée que le soleil couchant reflétait sur les arcades de pierres vertes, il admira leur magnifique permanence. Le pont-levis était abaissé, en revanche les grandes portes en bronze de l'entrée étaient fermées. Il passa par la crypte, au nez et à la barbe d'autres soldats en faction, revêtus de l'uniforme olivâtre des Allemands.

Dans la pénombre régnait un lourd silence. Timothée avançait lentement, ses yeux devant s'accoutumer. Et s'il n'y avait personne ? Mais si, là, dans l'une des chapelles latérales. Il distingua quatre silhouettes à genoux devant un parterre de bougies, portant de longs voiles noirs descendant sur des tuniques blanches. Des religieuses. Quand il ne fut plus qu'à quelques pas, elles entonnèrent un chant de leurs voix angéliques. L'invisible auditeur, sans comprendre les paroles, fut comme envoûté. Il ne put dire combien de temps il resta ainsi à se délecter de leur douce mélopée, mais quand elles se turent enfin, il eut le sentiment de sortir d'une étrange torpeur. L'une des sœurs se leva pour gagner une porte dérobée. Tim se glissa derrière elle et déboucha dans une petite pièce éclairée par une lampe à pétrole.

Il remarqua immédiatement un corps étendu sur une couverture au sol. La religieuse s'était penchée sur la femme qui reposait là. Le cœur battant, Timothée approcha. Était-ce elle ? Était-ce Rosalie ? Il se figea, soudain saisi d'horreur. Le visage de la jeune femme était lacéré d'entailles profondes, à peine cicatrisées. Ses mains étaient posées à plat, de part et d'autre de ses hanches, au-dessus des draps. Ainsi on pouvait remarquer sur chacune le manque terrible de deux doigts. Les yeux fermés, elle semblait dormir. Tim la contempla, à la fois terrifié et fasciné. Elle avait l'air si jeune, si fragile. Ses longs cheveux bruns rassemblés en une natte, ses pommettes hautes et son nez busqué. Elle devait être belle, en effet, avant que l'abominable ne soit commis. Il essaya de ne pas imaginer la souffrance qu'elle avait dû éprouver, ni la douleur que ressentirait Célestin en la retrouvant. Il avait soudain l'impression de suffoquer. Il recula de quelques pas et sortit de la pièce.

Les autres religieuses avaient disparu. La quiétude des lieux devenait angoissante, sachant l'invasion imminente des troupes de la Libération. Tim ne se voyait pas rester ici dans la crypte à contempler le triste visage mutilé de la résistante, en attendant qu'elles arrivent. Non, il préférait assister à la prise de cette forteresse du dehors.

L'aube s'était levée. L'assaut ne devait plus tarder. Timothée redescendit la colline dans l'idée de retourner au Q.G. du général Monsabert, mais au détour d'une venelle, son œil fut attiré par un rassemblement d'hommes. Ils ne revêtaient pas d'uniformes, mais des bérets et casquettes plates sur le crâne, chemises et pantalons retroussés à cause de l'écrasante chaleur qui s'abattait déjà sur la ville. Aux armes qu'ils tenaient, Tim se douta qu'il s'agissait des résistants, des F.F.I., les Forces françaises de l'intérieur.

– Les gars, on va monter libérer la Bonne Mère ! dit un grand gaillard en levant le poing. Nous la reprendrons, rue par rue, pierre par pierre. Chaque balle que vous tirerez, chaque grenade que vous lancerez, sera pour la liberté !

Ces paroles furent accueillies par un concert d'exclamations et d'encouragements. L'invisible spectateur sentit une émotion intense monter en lui. Il était témoin d'un moment de bravoure et de détermination pure. Soudain, quelqu'un demanda :

– Hé ! Pierre, qui c'est, çui-là ?

Un homme à la mine patibulaire désignait un individu effarouché, fusil fermement serré contre sa poitrine, qui faisait des clins d'œil nerveux sous son béret sombre.

« Célestin ! » s'écria Tim, mais personne ne l'entendit.

– J'sais pas, répondit celui qui avait l'air d'être le chef, un *fada* qui s'est mis en tête de faire l'assaut avec nous.

– Je veux libérer la Bonne Mère, dit timidement le berger. Je veux vous aider.

Sa voix tremblait autant que sa paupière.

– Ah *peuchère* ! Sauras-tu au moins viser, avec des yeux pareils ?

– Laisse, Auguste. S'il veut libérer Marseille, qu'il vienne. On a besoin de tous les braves pour reconquérir son cœur !

Les résistants entonnèrent des vivats, puis ils se dispersèrent en silence. L'opération avait déjà commencé, on entendait des coups de feu au loin. Souples et rapides comme des félins, les F.F.I. se faufilaient le long des

façades éblouissantes de soleil, passaient de mur en mur, de jardin en jardin. Ils arrivèrent jusqu'à une belle demeure, dont la devanture était déjà criblée de balles.
– On est chez l'évêque, déclara l'un d'eux. C'est le dernier obstacle.
Derrière le mur du jardin épiscopal se dressait le roc nu sur lequel était érigée Notre-Dame. De là-haut, les Allemands avaient repéré les tentatives d'assaut militaire et mitraillaient à tout-va. Ils tiraient de partout, de leurs casemates disséminées sur le rocher, et même du clocher, sur tout ce qui bougeait.
Les soldats du 7e régiment de tirailleurs algériens opéraient de fréquentes tentatives pour remonter la rue… Mais dès que l'un d'eux se retrouvait à découvert, des claquements secs retentissaient, puis des éclats de pierre voletaient à l'endroit où il s'était tenu la seconde d'avant. Ils étaient bloqués. Il devait être pas loin de midi, la chaleur semblait de plus en plus écrasante.
Soudain, il y eut dans la rue un grésillement de fer et un vrombissement de moteur assourdissant. Un char blindé passa devant la résidence, puis quatre autres dans son sillage. Alors que l'énorme véhicule en tête de file débouchait vaillamment sur la montée de l'Oratoire, un sifflement fendit l'air, suivi d'un choc métallique.
– Grenade !
Un soldat repéra le projectile meurtrier tombé sur le capot du char, et courageusement, sans perdre un instant, le

poussa violemment de la crosse de son fusil. L'explosion se produisit alors un mètre plus loin et ravagea une partie de la résidence de l'évêque, centre névralgique de la Résistance. L'onde de choc n'était pas encore passée, qu'un second explosif atterrit sur le char. Cette fois, il atteignit sa cible : le blindé s'embrasa dans un crépitement terrible. Le pilote et le sous-pilote réussirent à s'en extirper de justesse, mais leurs compagnons périrent, malgré tous les efforts des soldats alentour pour essayer d'ouvrir les panneaux et les libérer. Les blessés furent rapatriés à l'intérieur de la demeure épiscopale, à l'abri des tirs incessants.
Cette immersion dans les affres de la bataille choqua beaucoup Timothée, mais ce n'était rien comparé à Célestin. Le pauvre avait l'air de se liquéfier de terreur. Il aurait pu prendre ses jambes à son cou, mais il restait là, les deux mains serrées sur son arme, contemplant le char incendié et la basilique inatteignable. Contre toute attente, il osa s'approcher des résistants et demanda en tremblant :
– Dites… On n'va pas passer par là, quand même ? Si les chars n'y arrivent pas… On pourra pas non plus ! Faut trouver un autre chemin.
– T'es un p'tit malin, toi ! ricana l'un des hommes. On sait même pas d'où tu viens, et tu la ramènes en nous disant par où on doit ou ne doit pas passer ?
Pourtant, les mots de Célestin ne firent pas rire le chef.

Il plissa les yeux, comme s'il était en proie à une intense réflexion.
– Mais si, il a raison ! souffla-t-il soudain. Il y a un autre passage… On peut y aller discrètement, en petit nombre.

Sans plus tarder, Pierre Chaix-Bryan s'en alla trouver le chef de section qui tenait ce point, un certain Audibert.
– On ne passera jamais par là frontalement, lui déclara-t-il. On va tous se faire tirer comme des lapins. Je connais un autre moyen de monter. Il y a un passage, rue Jules-Moulet. Un escalier caché.
Audibert lui lança un regard pénétrant, mais ne mit pas longtemps à se décider.
– Vous allez conduire la section Herbelin jusqu'à cet escalier dérobé. Nous, on va tenir cette position et on montera dès qu'il y aura une ouverture.
Comme le F.F.I. acquiesçait, il appela dans les couloirs :
– Herbelin ! Ripoll !
Cinq soldats rappliquèrent, et quand Audibert leur eut expliqué le plan, ils se tournèrent vers Pierre Chaix-Bryan, qui s'était entouré lui-même de deux autres résistants.
– Bien, déclara-t-il. Allons-y !
La petite troupe fonça vers la sortie de la résidence, gagna le mur d'enceinte en partie détruite par les bombes. Tim fut surpris de voir Célestin les suivre d'un pas assuré, l'air déterminé. Était-ce grâce à la mention de l'escalier

dérobé, ou à la perspective de la délivrance toute proche de sa bien-aimée ?

À cet instant, Timothée sentit qu'on lui tapotait l'épaule. Il se retourna, mais ne vit personne. Il était le dernier, tous les membres de la section Herbelin se tenaient devant lui. Sa vision se brouilla soudainement tandis qu'une voix résonnait comme un écho à ses oreilles.

– Hé, Timothée ! Bah alors, qu'est-ce que tu fabriques, tu dors debout ?

Chapitre 17

– Sérieux, c'était trop bizarre !
Timothée ouvrit un œil. La tête de Martin se trouvait à quelques centimètres de lui, elle avançait, reculait. Elle avança, recula encore. Assis sur le sol, torse nu, les bras derrière la nuque, il émettait un petit souffle saccadé au rythme de ses « abdos ».
– *Humpf*, on aurait dit que t'étais en transe, *humpf*, ou un truc du genre.
Tim se redressa en prenant garde de ne pas se cogner au sommier de la couchette supérieure, passa les mains sur son visage en soupirant. Martin ressassait encore l'épisode de la veille, quand il l'avait surpris figé, la main sur un ex-voto. En tant que jeune sapeur-pompier, il avait craint une attaque ou un truc du genre, et avait voulu intervenir. Léo avait tenté de l'en dissuader en disant : « Faut pas s'inquiéter, ça lui arrive parfois. Il a des absences. » Puis elle s'était empressée de le secouer elle-même. Timothée était revenu dans la réalité alors qu'il était à deux doigts de découvrir le fin mot de la vision, et en retournant à l'internat il s'était retrouvé logé dans la même chambre que Martin et sa bande. Double peine.
– Tu devrais peut-être faire du sport, haleta Martin. Ça stimule la concentration, *humpf*, ça vide la tête.
Timothée sortit du lit en lui jetant un regard ironique.

– Tu devrais peut-être arrêter d'en faire, tu as la tête déjà bien vide, chuchota-t-il en fouillant son sac à la recherche de ses affaires de toilette.
– Qu'est-ce que tu as dit ? fit Martin en se redressant.
– Hum, rien. Merci du conseil. Je vais prendre ma douche.
– J'y vais aussi !
Martin attrapa sa serviette, la jeta sur son épaule et suivit Timothée dans le couloir. Les muscles de son torse nu brillaient de sueur, alors que ceux de Tim flottaient dans son ample t-shirt Marvel. Il se doutait qu'il devait avoir les cheveux en bataille, peut-être même la trace de l'oreiller encore sur la joue. Heureusement, ils ne croisèrent personne sur le chemin, car ils étaient les derniers à venir se doucher. Alban et Maxence avaient libéré deux cabines.
En entrant dans l'une d'elles, Martin lança :
– Hé, laissez-nous du p'tit déj' !
– Ouais, c'est ça, ricanèrent les garçons en quittant la pièce envahie de vapeur tiède.
Tim fit tout son possible pour ne pas avoir à se confronter encore à Martin. Il prolongea sa douche, même si le jet se faisait de plus en plus froid, et ne sortit que lorsqu'il fut sûr d'être seul.
Dans la salle à manger, il constata avec soulagement que les trois garçons s'étaient mis ensemble sur une table, qui n'était pas la même que Léo et Judie. Par bonheur, il y avait encore une place à côté d'elles.

– Salut ! fit-il en s'installant.
– Salut Tim ! sourit Léo. Bien dormi ?
– Oui, et vous ?
C'était faux. Sa nuit avait été très agitée. Entre les ronflements de Maxence (ou peut-être était-ce Alban ? Il n'avait pas réussi à localiser précisément la nuisance) et les réminiscences de la vision avec Célestin qui hantaient ses rêves.
– Top ! Mais c'est dommage que tu ne sois pas resté après la veillée, hier soir.
Judie avait l'air vraiment déçue.
– Oui, renchérit Léo, on a fait des parties de *Loup-garou*, c'était trop drôle !
– J'avais envie de dessiner, expliqua Tim en attrapant un pain au lait.
– Ah, d'accord, dit Judie, soudain sérieuse. Tu remplissais le livre d'or ?
Il faillit s'étouffer.
– Non, enfin… Pas encore.
Léopoldine l'observait sans mot dire. Elle se doutait, elle, de ce qu'il avait retranscrit sur le papier. Non pas les ornements d'un bâtiment, ni les contours fixes de quelque statue croisée au gré de leurs visites, mais le mouvement, les expressions de visages bien vivants, le chaos d'un affrontement.
Tim en avait un peu voulu à Léo de l'avoir interrompu dans sa vision, alors qu'il touchait presque au but. Bien

sûr, elle n'avait pas eu le choix, mais elle ne semblait pas comprendre ce qu'il ressentait depuis lors.
« T'inquiète, on remontera sûrement à la basilique avant notre départ », avait-elle seulement déclaré, avec un mouvement vague du bras lorsqu'il lui avait évoqué sa frustration. Elle se montrait beaucoup plus détachée que lui du sort de Célestin. Était-ce parce qu'elle n'avait pas eu accès à la vision, ou parce que de toute manière, qu'ils en aient connaissance ne changerait pas le cours de l'Histoire ?
Alors que Tim mordait dans son troisième pain au lait, un claquement de mains résonna pour imposer le silence. Don Louis-Marie s'était planté au beau milieu de la pièce, de manière à être vu de tous.
– Chers amis, annonça-t-il, voici le programme du jour. Vous serez libres de choisir ce que vous voulez faire de votre matinée. Sachant que cet après-midi, nous partons en randonnée dans les calanques, et que ce soir, nous repartons en car pour rentrer à Saint-Christophe.
Il y eut un concert d'exclamations dépitées.
– Ne vous en faites pas, nous allons profiter à fond de notre dernière journée ! Plusieurs options pour ce matin : un groupe reste ici à l'internat avec Chantale, qui aidera à préparer le repas, pourra se reposer, écrire des cartes postales, jouer aux cartes, que sais-je encore ! Un autre groupe avec Amandine, qui propose d'emmener ceux qui sont intéressés au musée de l'Aviation. Enfin, un groupe

avec Ernest, qui propose une déambulation dans le Vieux-Port.

– Attention ! intervint ce dernier. Pour ceux qui voudraient partir à la découverte de la ville : on ne fait pas n'importe quoi. Pas question de partir chacun de son côté. Je vous préviens : ceux qui viennent avec moi restent avec moi !

Léo eut l'impression qu'il la regardait d'un œil sévère. À ses côtés, Tim se sentit également visé. Quand Judie leur demanda d'une voix enthousiaste s'ils voulaient aller sur le Vieux-Port, son amie soupira.

– J'aurais bien aimé, mais franchement je n'ai pas du tout envie d'y aller avec mon père. Il va me fliquer constamment !

– Tu préfères aller au musée avec Amandine ?

Léo fit la moue. Elle n'arrivait pas à se décider.

– Qu'est-ce que tu en dis, toi, Tim ?

Le garçon baissa la tête.

Hum, personnellement, je reste là. Je vais me reposer.

Elles le dévisagèrent d'un air ahuri.

– Quoi ?

Il haussa les épaules et se leva de table en lançant un simple :

– À plus tard !

Léo le rattrapa par le bras.

– À quoi tu joues ? demanda-t-elle entre ses dents. Ce n'est pas à cause d'Amandine, quand même ?

Il fit un bref signe de la tête pour la faire taire, puis, ayant vérifié que personne ne pouvait l'entendre, chuchota :
– J'y retourne. Je retourne à la basilique voir la fin de la vision.
Elle écarquilla les yeux.
– Quoi, tout seul ? T'es fou !
– T'as raison. Tu n'as qu'à venir avec moi, alors.
Elle sourit, et sa fossette se fit narquoise.
– Chiche !
Quelques instants plus tard, alors que les groupes s'étaient formés, Léo et Tim se plaignirent de maux de ventre. Ils annoncèrent, chacun leur tour, leur besoin de rester se reposer à l'internat, ce qui rendit Judie très déçue, et Ernest, très soupçonneux.
– Comment ça, tous les deux ? Ça vous prend comme ça, d'un coup ?
– Oui, j'sais pas, on a dû manger un truc pas frais au petit déjeuner, marmonna Tim.
– On a tous eu le même, objecta Judie.
– Alors ça doit être autre chose, intervint Léo d'une voix traînante. Ouh là, j'ai vraiment la tête qui tourne.
Les yeux d'Ernest s'arrondirent.
– C'est peut-être une insolation. Va te reposer, ma chérie, j'espère que ça ira mieux après une bonne sieste.
Puis en se retournant vers les autres jeunes :
– À partir de maintenant je veux voir TOUT LE MONDE avec son bob sur la tête !

Quand ils quittèrent la cour de l'établissement, Léo les observa discrètement à travers les carreaux d'une fenêtre de l'étage avec un sourire malicieux.
– On dirait des petits pois, pouffa-t-elle.
Amusé, Tim s'approcha pour jeter un coup d'œil. Il remarqua une longue tresse blonde remuer sous l'un des disgracieux couvre-chefs. Judie s'était résignée à partir visiter le port sans eux.
– Bon, on y va ? s'impatienta sa complice.
Ils descendirent l'escalier sans bruit et retinrent leur respiration en passant devant la salle commune. La porte fermée laissait passer des bribes de conversations. La voix éraillée de Chantale évoquait sandwichs, bouteilles d'eau et crème solaire, tandis que celle de don Louis-Marie, grave et profonde, parlait horaires et itinéraires. Ils devaient être en compagnie de trois ou quatre jeunes, qu'on entendait peu. Sans plus attendre, Tim et Léo se glissèrent en douce à l'extérieur.
Ils franchirent la grille de la cour, et se mirent à remonter la rue d'un pas rapide. Soudain, Léo agrippa le bras de son ami.
– Attends, mais le Vieux-Port et la basilique… c'est dans la même direction ! On risque de croiser mon père et son groupe !
Timothée reprit son chemin avec un petit sourire.
– Non, ça n'arrivera pas.

– Ah oui, et comment peux-tu en être aussi certain ? demanda-t-elle, exaspérée.
– Je connais un autre chemin… et même un passage secret.
– C'est une blague ?
– Allez, viens, dit-il simplement en bifurquant dans une venelle.
Tim se mit à scruter attentivement les façades des habitations.
– Le résistant l'a dit dans la vision, c'est dans cette rue, la rue Jules-Moulet. Ah oui, là !
Un sourire triomphant aux lèvres, il désigna une plaque accrochée sur l'une des maisons.
« *25 août 1944. Par cet escalier se sont acheminés, guidés par le F.F.I. Pierre Chaix-Bryan à l'assaut de Notre-Dame-de-la-Garde, les tirailleurs du 7e R.T.A.* »
« Je me demande si… » songea Tim en touchant la pierre ornée de cette inscription. Il ne se passa rien. Quoiqu'un peu frustrant, ce n'était pas surprenant. Il s'agissait d'un écriteau à but indicatif et remémoratif, et non d'un remerciement de dévotion. Juste à côté cependant, une porte d'un bleu lavande était ouverte, comme une invitation.
– Allons-y, murmura Tim en passant sous le linteau.
Léo sur les talons, il traversa un couloir de pierre qui débouchait sur un escalier en extérieur. Ils se mirent à le gravir, soufflant et s'arrêtant de temps à autre sur

les marches raides. Enfin, ils arrivèrent sur le plateau Cherchell, de l'autre côté de la basilique.
– Incroyable que ça mène ici !
Léopoldine semblait bluffée, et le fut encore davantage lorsque son ami lui expliqua qu'il s'agissait du chemin qui avait permis de prendre les Allemands à revers et de libérer la Bonne Mère, car il était inconnu du grand public. Tim avait hâte de voir les F.F.I. emprunter ce passage, et assister aux retrouvailles de Célestin avec sa Rosalie.
Ils pénétrèrent dans la basilique, s'arrêtèrent devant l'ex-voto du général de Monsabert, et Tim approcha sa main.
– Tu y retournes seul ?
Le garçon se figea. Léo affichait une mine dépitée, et il ressentit une légère pointe de culpabilité. Il jeta un coup d'œil par-dessus son épaule. Tout autour d'eux déambulaient des touristes, pas si nombreux, mais chacun d'eux pouvait potentiellement venir troubler leur excursion.
– Oui, je préfère que tu me couvres cette fois encore. S'il te plaît. On pourra échanger après, si tu veux.
– OK, soupira-t-elle. Vas-y, retourne à ton berger sans moutons. J'espère que tu ne vas pas mettre trop longtemps à le retrouver.
Léo avait tort de s'inquiéter. Dès que son ami eut frôlé la plaque du bout de ses doigts, il fut propulsé à l'endroit et au moment exacts où il avait été interrompu. Célestin était là, tapi derrière le mur, la paupière tremblotante,

mais l'air concentré. Il attendait son tour pour traverser la rue et se réfugier derrière l'angle de mur en face, sept de ses compagnons avaient déjà réussi à passer. Il serrait son fusil contre sa poitrine avec une certaine anxiété.
Au loin, le char « Jeanne d'Arc » exhalait une épaisse fumée, bombardé devant ses yeux quelques heures auparavant. Tim savait que sa carcasse allait rester là, à cette même place au fil des années, préservée comme une relique. Il le savait, car il était passé devant en redescendant de la basilique avec tout son groupe d'aumônerie.
– À toi, Barnie ! souffla Pierre au résistant juste devant Célestin.
Le jeune homme parvint à gagner l'autre côté en évitant la mitraille. Il ne restait plus que Célestin.
– Vas-y, mon gars ! l'encouragea Pierre.
Le berger prit une grande inspiration et s'élança. Au beau milieu de la voie, des coups de feu éclatèrent… Il s'effondra en poussant un cri de douleur.
– Non !
Désemparé, Pierre esquissa un mouvement pour aller le chercher, mais une déflagration le fit se recroqueviller derrière l'angle.
– Laissez-le ! Il est mort, cria un soldat depuis le mur de la résidence épiscopale.
Pierre semblait hésiter à abandonner le corps inerte de ce pauvre garçon ici. Ses hommes l'attendaient pour poursuivre la mission.

– Qui est mort ? demanda quelqu'un dans son dos.
– L'ot'*fada*, là, qu'on sait même pas son nom, répondit un autre.
– Oh, *peuchère* !
– Allez-y, on s'occupera de le récupérer, cria encore le soldat.
Ils ne pouvaient plus rien pour lui. Alors, la mine déconfite, Pierre finit par se détourner pour mener la section vers l'escalier dérobé d'où ils devaient prendre les Allemands par surprise.

Timothée resta tétanisé devant ce grand corps désarticulé, horrifié par l'auréole vermeille qui ne cessait de s'élargir en dessous. Il considéra tristement ce regard fixe tourné vers l'immense Vierge étincelant dans le ciel, cette paupière enfin tranquille.
Comme elle, le temps semblait figé. La section Herbelin avait disparu au détour des ruelles, guidé par Pierre Chaix-Bryan. Le combat se poursuivit sans que Tim n'y prêtât la moindre attention, ni aux coups de feu résonnant dans l'enceinte de la basilique, ni à leur arrêt soudain. Il ne vit pas l'immense drapeau tricolore qui se déploya sur le clocher, juste sous la Bonne Mère. Alors qu'une clameur d'une puissance inouïe montait de toute la ville, Tim laissa échapper un murmure.
« Célestin… Il s'appelait Célestin. »

Chapitre 18

– Tim ! Alors, qu'est-ce…

Léo s'interrompit en voyant la mine décomposée de son ami.

– Il est mort, souffla Timothée en se laissant tomber sur un banc. Célestin a été abattu.

Elle s'assit à ses côtés, la gorge nouée.

– Il a échoué, alors.

Le garçon secoua la tête, anéanti.

– Pire, il est tombé dans l'oubli. Personne ne le connaissait ! Ni les résistants ni les soldats, ils ne connaissaient même pas son prénom ! Il a dû être enterré sans que Rosalie, ni personne ne sache qu'il était mort.

Les images du corps de Célestin récupéré par les soldats après le cessez-le-feu, puis béni par l'un des prêtres qui soignaient les blessés dans la résidence épiscopale lui revinrent en mémoire. Maigre consolation. La vision avait pris fin, laissant les Marseillais jubiler, et Timothée déchanter. Léo posa sa main sur son épaule.

– C'est tellement triste.

Elle se sentait démunie face à son désarroi. Elle leva les yeux vers le chœur de la basilique, contempla la Vierge de bronze auréolée de ses mosaïques enluminées d'or. Du coin de l'œil, elle remarqua une soutane noire fendant l'air de l'allée centrale. Son cœur accéléra soudain.

– Mais enfin… Qu'est-ce que vous faites ici, vous deux ?

Les adolescents reconnurent cette voix grave avant même de tourner la tête. Don Louis-Marie les dévisageait d'un air ahuri.

– Oh, heu… On… est venu… commença Léo, la bouche soudain sèche.

Furieux, il ne lui laissa pas le temps de finir sa phrase.

– Vous avez prétendu être malades pour faire le mur ? Vous êtes seuls ? Mais vous êtes complètement inconscients !

Ils baissèrent la tête, penauds.

– Écoutez, *Padre*… Tim avait vraiment besoin de venir ici.

Les sourcils toujours froncés, le prêtre considéra l'adolescent sans parvenir à dissimuler son intérêt.

– Ah ? Et pourquoi donc ?

– Je… C'est difficile à expliquer. Il le fallait.

Pendant un long moment, le prêtre les regarda tour à tour, sans rien dire. Il sentait qu'il n'obtiendrait pas d'autre explication, et que peut-être valait-il mieux ne pas chercher à percer le mystère de ce qui s'opérait dans le cœur de ce garçon. Après tout, il était difficile de leur reprocher leur envie de revenir dans la basilique sachant qu'ils participaient à un pèlerinage… Don Louis-Marie finit par lâcher un soupir sonore.

– Ah, misère de misère ! Si vous m'aviez demandé, évidemment que j'aurais accepté de vous accompagner ici.

Vous allez me faire devenir chèvre. Promettez-moi de ne plus jamais agir de la sorte !
– Oui, *Padre*.
Il se radoucit.
– Bien. Cela restera entre nous. Fichtre ! Quand je pense que vous auriez pu siroter un jus de fruits sur le Vieux-Port avec vos amis.
Une ombre passa sur le visage de Léo. Il était vrai qu'elle éprouvait un soupçon de frustration à l'issue de leur excursion. Ils avaient fait tout ce chemin, pris autant de risques pour découvrir que leur héros avait loupé sa quête. Don Louis-Marie sembla percevoir sa déception.
– Mais au fait, j'y pense… Il y a encore moyen de voir le port, si vous voulez.
– Ah bon ? s'étonna Léo. Nous avons encore le temps de redescendre jusque-là ?
– Qui parle de descendre ? Au contraire, nous allons monter.
Comme les deux ados affichaient un air consterné, le prêtre baissa la voix et fit cette confidence :
– Je suis venu pour rencontrer le sacristain de ce lieu. Quelle incroyable mission que la sienne ! J'espérais qu'il allait faire un petit miracle pour que je puisse célébrer une messe ici avant notre départ. Hélas, il ne pouvait rien faire sur ce point. En revanche, on s'est tellement bien entendu qu'il m'a livré quelques secrets sur la basilique.

Il se redressa soudain, un sourire énigmatique au coin des lèvres.
– Suivez-moi.
Ils obtempérèrent, mettant leur pas dans le sillage de sa longue soutane noire, qui fendait la foule de touristes comme Moïse, la mer Rouge. Il s'arrêta sans crier gare, leur désignant une silhouette dans le transept droit.
– Vous voyez, là-bas, la religieuse qui allume les cierges ?
Ils hochèrent la tête. Oui, ils apercevaient bien cette silhouette voûtée enveloppée d'un long voile blanc.
– C'est la plus ancienne des gardiennes de ce lieu, excepté la Bonne Mère elle-même. Il paraît qu'elle était présente lors de la libération de cette basilique.
À cette parole, les deux adolescents se regardèrent, déconcertés. Tim fit un pas, curieux de voir s'il reconnaîtrait l'une des sœurs de la vision, mais le prêtre le retint par la manche.
– Ne la dérangeons pas. Le sacristain m'a dit qu'elle n'aimait pas être sollicitée. Dommage, je lui aurais bien demandé de livrer son témoignage devant notre groupe. Mais, à la place, je vous propose de visiter l'autre gardienne !
Il se dirigea vers une porte dérobée sur laquelle un écriteau indiquait : « interdit au public », et l'ouvrit d'un geste assuré. Après un couloir, une autre porte, ils se retrouvèrent devant des marches d'escalier.

– Prêts pour l'ascension ? Ça va être physique, mais vous verrez, ça en vaut la peine !

Don Louis-Marie était athlétique, les deux adolescents peinaient à suivre son rythme. À mesure qu'ils montaient, leur respiration se fit de plus en plus haletante. Ils s'arrêtèrent enfin sur un petit palier où le prêtre les attendait devant une petite porte en bois.

– Là, derrière ce battant se trouvent les trois cloches du beffroi, indiqua-t-il. Mais nous, nous poursuivons… là-haut.

De l'index, il désigna un autre escalier métallique en colimaçon, si étroit qu'une seule personne pouvait s'y engager à la fois.

– Après vous, déclara obligeamment don Louis-Marie, j'y suis déjà monté et je sais que c'est très exigu.

Trop essoufflés pour répondre, Tim puis Léo entamèrent cette ultime montée. Entre ses bruyantes respirations, Léo s'exclama soudain :

Oh ! Je… Je viens… de comprendre… On est… « à l'intérieur »… de la Bonne Mère !

– Tout à fait ! confirma la voix exaltée du prêtre, quelques marches plus bas.

Ils gravirent les dernières avec plus d'empressement et d'excitation. Deux cercles laissaient apercevoir le bleu du ciel, au-dessus des empreintes gigantesques d'un nez et d'un sourire dans le métal sombre.

Léo et Tim, en se serrant, réussirent à se placer derrière

les iris de la statue. La ville s'étendait à leurs pieds, les toits des maisons brillant comme des rubis sous l'éclat du soleil, et la mer au loin, telle une immensité de saphir. C'était grandiose.

– C'est… magnifique ! s'extasia Léo. Mais ça donne un peu le vertige.

– Et oui, chers amis, c'est l'impression que ça fait, de regarder la vie à travers les yeux de Marie.

« Les yeux de Marie », répéta Tim dans sa tête, un peu étourdi par l'air frais qui leur fouettait le visage à travers les deux percées. Il avait une drôle d'impression, comme s'il avait justement quelque chose juste devant les yeux qui lui échappait.

Léo pointait du doigt le stade, s'émerveillait des îles plantées dans le bleu de la mer, cherchait à reconnaître leur logement parmi tous les minuscules bâtiments. Tim n'écoutait pas, il repensait à la doyenne des religieuses aperçue brièvement quelques minutes plus tôt. Il comprit que si elle était présente lors de la libération de la basilique, elle devait sûrement savoir ce qu'était devenue Rosalie. Peut-être pouvait-il essayer d'aller lui parler, si elle était toujours en bas ? Il revoyait mentalement cette silhouette vêtue de noir et de blanc, ses mains qui allumaient les bougies. Un détail le frappa soudain. Ces mains lui avaient semblé étranges, un peu tremblantes, comme si elles souffraient d'un handicap. Il se pencha brusquement vers don Louis-Marie.

– Cette religieuse, en bas, vous savez son nom ?

Le prêtre se frotta le menton, avant de répondre :

– Oh, hum… Oui, sœur Marie-Rose, il me semble. Pourquoi ?

Tim ne répondit pas. Il se tourna vers Léo, le regard effaré.

– Je crois que c'est elle, souffla-t-il à son oreille d'une voix qui trahissait son incrédulité. Sœur Marie-Rose, c'est Rosalie !

Elle fronça les sourcils, mit un instant à saisir la portée de ces paroles.

– Il faut en être sûr ! déclara-t-elle à voix basse. Allons la voir. Avec un peu de chance, elle est toujours dans l'enceinte de la basilique.

– Mais même si elle est toujours là, on fait comment pour aller lui parler, avec le *Padre* sur le dos ? Il a bien dit qu'il ne fallait pas la dérang…

– T'inquiète, le coupa-t-elle, je gère.

Puis elle s'écria :

– Vite, *Padre*, il faut qu'on redescende !

– Que se passe-t-il ? demanda le prêtre, inquiet.

Un grand « Dong ! » ébranla soudain le sol, juste en dessous d'eux. Puis un autre.

– Il est midi, voilà pourquoi ! s'exclama Léo.

– Quoi, déjà ?

La grande cloche sous leurs pieds le confirma en sonnant ses dix autres coups tandis qu'ils dévalaient l'escalier.

Quand ils arrivèrent en bas, don Louis-Marie ne leur laissa pas le temps de récupérer.
– Bien, j'espère que cette petite visite vous a plu, maintenant filons !
Après un grand signe de croix en direction du chœur, il tourna les talons. Il n'avait pas encore franchi la grande porte de bronze que Léo le rattrapait pour lui demander d'un ton affolé :
– Dites, *Padre* ! Vous n'avez pas un chapelet à la ceinture, normalement ?
– Si, pourqu… Oh misère ! Il s'est décroché. Mon chapelet offert par mon parrain et béni par le pape. Quelle poisse !
– J'étais derrière vous quand on est monté dans le clocher, tout à l'heure, il y était encore, je l'ai vu.
– Tu en es sûre ?
– Certaine. Il a dû tomber dans les escaliers.
– Bon, je ne vais pas vous demander de remonter avec moi.
– On vous attend là, s'empressa de dire Timothée, vous irez plus vite seul.
– Pas de bêtise, hein ? J'en ai pour cinq minutes.
Ils lui lancèrent un sourire angélique tandis qu'il rebroussait chemin.
– Tu l'as laissé où, son chapelet ? demanda Tim une fois que le prêtre eut disparu derrière la porte interdite au public.

– Quelque part sur le sol, entre les yeux de la Vierge et les cloches.
– Oh, oh… Le pauvre.
– Tu plaisantes ? Il adore l'escalade.
Elle lui donna soudain un petit coup de coude.
– Là, regarde !
Dans une petite chapelle latérale, la silhouette d'une moniale se découpait dans la lumière des bougies votives. Intimidés, les deux jeunes s'avancèrent lentement. La religieuse s'appliquait à nettoyer les coulées de cire figées sur les portants métalliques. Ses gestes paraissaient saccadés, maladroits. Timothée plissa les yeux pour distinguer ses mains, et constata qu'il manquait deux doigts sur chacune d'elles. Une mutilation terriblement identique à celle de la jeune fille de la vision, allongée dans cette même basilique des années auparavant.
Léopoldine déglutit, incapable de prononcer le moindre mot.
– Je vais lui donner ça, chuchota Tim en plaçant un papier sous ses yeux.
Il avait dessiné Célestin, fusil braqué, s'élançant vers la basilique, déterminé à y retrouver sa bien-aimée.
– Je l'ai fait hier soir, précisa-t-il. Même si, à ce moment-là, je ne savais pas qu'il serait tué.
Léo hocha la tête gravement. Puis, en sortant un stylo de sa poche, elle demanda :
– Tu permets que j'ajoute quelque chose ?

Surpris, Tim fronça les sourcils, et lui tendit la feuille de papier. En prenant appui sur le dossier d'une chaise, de son écriture ronde et soignée, elle inscrivit en dessous du dessin :

« *Pour vous, il a pris d'assaut la Bonne Mère. Il est mort en brave. Son geste mérite une place dans votre mémoire.* »

Tim sourit. Oui, c'était bien. Il prit une grande inspiration et s'approcha de la vieille dame.

– Excusez-nous, Rosalie…

– Sœur Marie-Rose, rectifia Léo dans un murmure.

– Oui, sœur Marie-Rose. C'est pour vous.

La religieuse se retourna. La lueur des chandelles dévoila les cicatrices de son visage. Elles se perdaient dans ses multiples rides, les atténuant sans les camoufler totalement. Ses deux iris d'un brun foncé reflétaient l'intense éclat des flammes dansant autour d'eux.

Un sourire intrigué aux lèvres, la religieuse saisit le dessin précautionneusement entre ses trois doigts. Elle le détailla un instant, puis ses yeux s'arrondirent de stupeur. Ce visage ! Cette paupière en clin d'œil sous la casquette plate. Son amour d'enfance, qui n'existait plus que dans ses vieux souvenirs, était reproduit sur ce papier comme une effraction de la réalité.

Une fois Marseille libérée et ses blessures cicatrisées, elle avait essayé de le retrouver. Elle avait eu la triste surprise de trouver sa bergerie abandonnée, personne ne savait ce qu'il était devenu. Il vivait en quasi-ermite, on ne lui connaissait ni famille ni ami. Il n'avait qu'elle.

– Célestin, murmura-t-elle.

Elle contemplait ces traits qu'elle pensait avoir oubliés, tracés sur cette simple feuille, cette résurgence du passé qui avait traversé les âges pour lui livrer sa véritable destinée.

Qui avait fait ce dessin ? Comment savait-il ? La religieuse se retourna, chercha les deux adolescents des yeux. Ils avaient disparu. Qui étaient-ils ? Chimères ou anges gardiens ?

Elle ne saurait jamais. La lumière étant faite, Timothée et Léopoldine étaient sortis de la basilique, rejoints par leur aumônier – qui avait de nouveau son précieux chapelet à la ceinture et le souffle un peu court. Elle aurait pu chercher à les rattraper, essayer de les retrouver au-dehors parmi la foule des touristes qui redescendaient la montée de l'Oratoire. Cela aurait été vain, car ils empruntaient alors un passage dérobé, celui-là même qui avait permis la libération de la Bonne Mère, et la sienne, soixante-seize ans auparavant.

Et dès demain, ils auraient quitté la cité phocéenne pour retrouver leur paisible bourgade au bord de la Loire.

Chapitre 19

– L'avion de Saint-Exupéry, le célèbre écrivain, a disparu au large de cette île, que l'on aperçoit là-bas.

Vingt-sept chapeaux verts se tournèrent vers la mer. L'index du prêtre pointait une grande surface rocheuse émergeant des eaux turquoise de la calanque.

– C'est bien cela, Amandine ? demanda-t-il.

L'accompagnatrice opina du chef.

– Oui, l'épave du P38 Lightning qu'il pilotait le jour de sa disparition a été repêchée entre ce rivage et ce caillou, appelé « Riou ».

– Mais attendez, intervint Maxence, on n'a pas vu cet appareil au musée de l'Aviation, ce matin ?

– Non, pour la simple et bonne raison qu'il est conservé au musée de l'Air et de l'Espace, au Bourget, à côté de Paris.

En entendant cela, Timothée se promit d'y aller un week-end, quand il serait chez sa mère. À cette pensée, il réalisa avec une pointe de tristesse que le pèlerinage touchait à sa fin. Il parcourut des yeux la ligne bleutée de l'horizon, rejointe par les falaises blanchies de soleil, et la garrigue balayée de mistral. Il avait l'impression qu'une silhouette dégingandée allait apparaître au loin, une casquette plate sur le crâne, un chien noir et blanc courant à ses côtés.

– Allez, déclara don Louis-Marie, pause goûter ! Dans une heure, on remonte prendre une douche ; dans trois heures, on quitte la Provence !

Ils descendirent sur la plage pour toucher au but de leur randonnée : déguster des panisses et des navettes marseillaises sur les galets chauds, tout en contemplant la Méditerranée.

– Vous venez, on va voir si elle est froide ? demanda Léo à la cantonade.

Elle fut immédiatement suivie de Judie, puis Martin et d'autres jeunes les imitèrent. Timothée resta assis sur un gros rocher, à les observer de loin, perdu dans ses pensées. Comme ses camarades s'amusaient à s'asperger, il songea :

« Dire que Saint-Ex a été englouti par ces eaux. »

Comme pour exorciser ce souvenir douloureux, il fouilla dans son sac… Il en sortit une relique ayant appartenu à cet illustre personnage, l'exemplaire unique du *Petit Prince*. Il passa ses doigts sur sa couverture bleue lumineuse, relut la dédicace nébuleuse.

– Tu sais, Timothée, je suis vraiment ravi que tu sois venu à ce pèlerinage.

Don Louis-Marie s'approchait de lui en souriant. L'adolescent referma l'ouvrage et lui rendit son sourire.

– Moi aussi, *Padre*.

Un éclat malicieux brilla dans le regard du prêtre, tandis qu'il lui présentait ce qu'il tenait dans les mains.
– Je sais qu'on t'a déjà embêté avec cette histoire de livre d'or, mais je me permets d'insister. Si tu veux bien laisser une petite griffe, un croquis de ce que tu veux, de ce que tu as aimé découvrir, d'un moment qui t'a marqué. Ce serait un merveilleux souvenir pour tout le groupe.
Le garçon dodelina de la tête.
– D'accord, finit-il par dire en posant le livre bleu à côté de lui sur le rocher pour attraper le carnet.
– Aaah, génial ! Merci beaucoup.
– Mais… Je peux faire autre chose que la Sainte Vierge ?
– Bien sûr ! Je te l'ai dit, dessine ce que tu veux. Enfin, en rapport avec le pélé, quand même.
Tim se mit à réfléchir. Ce qui l'avait marqué durant ce voyage ? Célestin, le berger solitaire et timoré, qui avait sacrifié sa vie par amour et en secret. Rosalie, la belle résistante blessée dans sa chair, devenue religieuse, à l'âme enfin apaisée après de si longues années d'ignorance. Saint-Exupéry, le célèbre aviateur et le secret de ses derniers instants.
Il ne pouvait rien dessiner de tout cela. En revanche, la beauté de ce qu'il avait en ce moment même sous les yeux, oui : cette crique, l'île de Riou, et entre les deux, ses camarades riant et courant dans les gerbes d'eau.
Pleinement concentré, Tim ne vit pas don Louis-Marie s'asseoir à son côté.

– Au fait, j'ai retrouvé la phrase de Saint-Ex que tu m'avais citée. Elle se trouve dans son livre *Terre des hommes*. Si ma mémoire est bonne, en entier, elle dit : « Quand nous prendrons conscience de notre rôle, même le plus effacé, alors seulement nous serons heureux. Alors seulement nous pourrons vivre en paix et mourir en paix… Car ce qui donne un sens à la vie… donne un sens à la mort. »

Tim suspendit un instant son crayon et réprima un petit frisson. Oui, l'aviateur avait prononcé ces paroles durant son agonie, et il avait cru alors qu'il délirait.

– Saint-Ex est mort en remplissant son rôle, déclara-t-il après un silence.

Don Louis-Marie ne pouvait pas savoir que Tim faisait allusion à la vision, à son intervention directe pour redonner espoir et courage à un jeune berger désabusé.

– Tu as raison, approuva-t-il, il laisse derrière lui des écrits magnifiques, qui ont touché des millions de gens et qui seront encore lus et appréciés dans les siècles à venir.

Tout en esquissant les silhouettes dansant dans les vagues, Tim songea à Célestin, fauché si près de son but. À sa destinée qui aurait pu être si différente, s'il s'était élancé une seconde plus tard.

– C'est facile de dire ça pour quelqu'un de célèbre, ou un héros. N'empêche que pour la plupart des gens, la mort n'a pas de sens. Elle est même injuste.

– Injuste ? S'il y a bien quelque chose qui nous rend tous égaux, c'est la mort.
Tim tourna la tête, toisa le prêtre d'un air perplexe. Don Louis-Marie poursuivit doucement :
– On va tous quitter cette terre, un jour ou l'autre. Ce qui fait la différence, c'est ce qu'on a fait durant le temps qui nous a été imparti, ce qu'on laisse derrière nous. C'est ce que veut dire Saint-Ex, à sa manière. Il n'y a pas d'échelle de valeurs, entre l'écrivain qui passe des nuits blanches pour retranscrire l'histoire qui l'anime, le soldat qui s'absente loin de sa famille pour défendre sa patrie, ou encore la mère qui berce inlassablement son bébé pour l'endormir et le rassurer. Petit ou grand, le moindre acte d'amour donné façonne le monde.
Saisi d'émotion, Tim resta silencieux, les yeux fixés sur l'île de Riou.
– Chaque acte d'amour dépasse la mort, il a un écho éternel.

*

L'ambiance du car était beaucoup plus calme qu'à l'aller. Après une matinée à vadrouiller dans Marseille et un après-midi à randonner dans les calanques, tout le monde était fatigué. Une dernière photo de groupe sur la plage, toujours pour le livre d'or, en guise d'adieu à la belle

Provence, et ils avaient pris place dans l'autocar pour retrouver leur non moins charmant Maine-et-Loire.
Pour contrecarrer la nostalgie, don Louis-Marie avait annoncé qu'il y aurait une halte dans un fast-food pour le dîner, puis *La Grande Vadrouille* sur les écrans pour digérer. Derrière les vitres, le soleil persistait encore à l'horizon et Tim voulut en profiter pour finir sa lecture du *Petit Prince.* Il était tranquille, les filles étaient parties jouer au *Loup-garou* sur les places du fond. Il se mit à farfouiller dans son sac à dos. Ses doigts tâtonnèrent un moment ; carnet de dessins, trousse, casque audio, gourde, paquet de gâteaux, portefeuille, mouchoirs. Son cœur accéléra soudain, et il pencha la tête pour vérifier : pas de livre ! Il comprit, horrifié. Il l'avait oublié sur le rocher, dans la calanque.
Comment avait-il pu faire une chose pareille ? Il fallait faire demi-tour immédiatement ! Complètement affolé, il se leva, sauta d'un bond dans l'allée centrale et la remonta à grandes enjambées jusqu'aux sièges des accompagnateurs.
– Va te rasseoir, jeune homme, rouspéta Marcel. Tu t'es assez baladé pour aujourd'hui !
– Attendez, Marcel, une minute, intervint don Louis-Marie. Dis-nous Timothée, que se passe-t-il ?
– J'ai… Oublié un truc… Un truc important…
– Ah bon ? Quoi donc ?
Tim sentit une boule dans sa gorge. Il ne pouvait pas

expliquer la valeur de cet objet. Il avait espéré une seconde que le prêtre l'eut récupéré en partant, mais il lui aurait déjà signalé si cela avait été le cas.

– Je… En fait, il est peut-être dans ma valise.

– On vérifiera à la prochaine halte, si tu veux, proposa Ernest.

– Quoi ? éructa Marcel. Vous voulez ouvrir la soute ?

– Non, ne vous inquiétez pas, c'est bon, souffla Tim.

– Ah, tant mieux ! soupira le chauffeur. Allez, va te rasseoir.

La mort dans l'âme, Tim fit demi-tour et regagna son siège. Il contemplait le bord de route qui défilait à toute vitesse derrière la vitre, quand une voix résonna derrière son épaule.

– C'est ça que tu as oublié ?

Il se retourna brusquement. L'air amusé, Amandine tenait un objet entre ses ongles rouges. Son livre, *Le Petit Prince* !

– Oui ! s'exclama-t-il, ébahi. Je… Comment avez-vous…

– Je l'ai trouvé sur la plage, quand on est partis tout à l'heure. Il me semblait bien t'avoir vu avec un livre bleu dans les mains !

Il le récupéra en marmonnant un faible : « Merci ». Il se retenait de lui rétorquer bon nombre d'autres paroles beaucoup moins aimables, comme : « Si vous saviez qu'il était à moi, pourquoi vous n'êtes pas venue me le rendre avant ? » Ou encore « Ça ne se fait pas ! Est-ce que vous l'avez feuilleté ? »

Bien sûr qu'elle avait dû le feuilleter. Mais elle le lui avait rendu, alors qu'elle aurait pu le garder sans qu'il n'en sache rien. Était-il possible que les détails de sa provenance, qui lui conféraient toute sa valeur, lui eussent échappé ?

Elle lui adressa alors un clin d'œil appuyé en chuchotant :

– Il est précieux, ne le perd plus.

Timothée sentait le sang bouillir dans ses tempes. L'accompagnatrice venait tout juste de s'éclipser quand Léo fit irruption.

– Hé, Tim ! Tu ne veux pas venir jouer avec nous ? On s'marre bien, tu…

Elle se tut soudain en apercevant le livre qu'il tenait serré entre ses mains.

– C'est… C'est le livre de ton grand-père ?

Il hocha gravement la tête.

– Wahou. J'peux le regarder ?

Il le lui tendit sans un mot, le cœur battant. Léo lui prit délicatement des mains et se mit à le feuilleter en silence. Soudain, elle laissa échapper une exclamation de surprise.

– Attends… C'est un truc de fou !

– Quoi ?

Elle baissa la voix.

– Bah, c'est Saint-Ex *lui-même* qui l'a offert à ton grand-père !

– Je… Quoi ? Comment tu sais ça ?

– C'est écrit là, sur la toute dernière page.
Interloqué, Tim baissa les yeux sur ce qu'elle désignait. Quelques lignes d'une écriture enfantine, présentes juste avant la quatrième de couverture, sur les pages blanches en trop qui étaient d'ordinaire toujours vierges… Il avait tant manipulé cet ouvrage, essayé de percer son mystère, l'avait même emporté à l'autre bout du pays, sans jamais voir que la réponse était littéralement entre ses mains, depuis le début.

« *Ce livre m'a été offert par M. de Saint-Exupéry. Mon papa était avec lui en Corse, c'est lui qui préparait son avion. Il me l'a donné quand il est revenu de la guerre, parce que Maman a rejoint les étoiles et que j'étais triste. Maintenant, les étoiles brillent un peu plus fort.* »

Épilogue

Dans un dernier soupir, le moteur du car s'arrêta enfin. L'absence soudaine du ronronnement qui les berçait jusque-là réveilla ses occupants. Les yeux encore embués de sommeil, Timothée tourna la tête vers la vitre.

Une vingtaine de personnes attendaient sur le parking, dans le petit matin, leur souffle faisant apparaître des volutes éphémères dans l'air glacial. Parmi elles, Tim crut apercevoir… Il se frotta les paupières, scruta à nouveau les visages.

Oui, ils étaient là tous les deux : son père et sa mère. Il lui semblait qu'ils se donnaient la main. Mirage ou miracle ? Il n'osait y croire. S'étaient-ils vraiment réconciliés pendant son absence ? Ses prières lors du pèlerinage avaient-elles été entendues ?

Le cœur battant, il se leva pour les rejoindre à l'extérieur.

Un petit peu d'histoire…

Inspiré de faits réels, ce roman laisse la part belle à l'imaginaire pour combler les mystères de l'Histoire. Toutefois, des interrogations ont peut-être émergé de votre lecture… Voici quelques éléments de réponse.

L'exemplaire personnel du *Petit Prince* a-t-il réellement existé ?

Oui. Cette histoire, écrite en pleine Seconde Guerre mondiale, a tout d'abord été publiée en 1943 dans une version anglaise, par un éditeur américain, car à ce moment-là, Saint-Exupéry s'était réfugié aux États-Unis à cause de son opposition au régime politique de la France de Vichy. Voilà pourquoi la plupart des dédicaces (très rares toutefois) ont été effectuées sur la traduction anglaise, à New York, avant que Saint-Exupéry ne s'envole pour l'Afrique du Nord au printemps 1943. Il fait des pieds et des mains pour réintégrer l'armée de l'air et prendre part à la libération de la France. Avant son départ, son éditeur fait spécialement imprimer pour lui à la hâte un exemplaire en français du *Petit Prince.* Dans les mois qui suivent, il lui est impossible de s'en procurer d'autres à Alger, à cause de ses différends avec le général De Gaulle, et ses livres sont interdits en France par le régime de Vichy… C'est ainsi qu'en Corse, au cours des dernières semaines de sa vie, Saint-Exupéry est en possession d'un unique

exemplaire du *Petit Prince* en français, qu'il ne prête à personne, même pas à ses plus proches amis, le faisant lire uniquement chez lui, dans sa chambre.
Ce livre n'a encore jamais été retrouvé…
On ne connaît aujourd'hui que deux exemplaires dédicacés du *Petit Prince* (version française) : l'un est adressé aux enfants de son ami et camarade, le colonel Lionel-Max Chassin, qui obtiendra à Saint-Exupéry son ultime affectation dans la 31e escadre de bombardement en Sardaigne, alors sous son commandement. Cet exemplaire a été vendu près de 90 000 € aux enchères en 2016…
Le second et unique autre exemplaire connu a été offert aux enfants de Marcel Sturm, avec cette précieuse mention manuscrite : « Pour Malou et Jean-Michel Sturm avec toute l'amitié de Antoine de Saint-Exupéry ». Pourquoi une telle faveur ?
Saint-Exupéry aurait été confiné au sol peu de temps après son arrivée à Alger, subi des humiliations de la part des gaullistes : on intercepte son courrier, on lui refuse des publications, et surtout on empêche sa réaffectation… Ce serait dans ce contexte qu'il aurait été amené à garder les enfants de Marcel Sturm, Malou et Jean-Michel. Ils étaient orphelins de mère, morte comme leurs deux sœurs à la suite d'une épidémie de fièvre typhoïde en 1941. Chef de l'aumônerie protestante aux armées, mais aussi chef d'un réseau de résistance spécialisé en faux papiers, Marcel Sturm partait souvent en mission loin de ses deux

fils. Il s'agit peut-être de la raison qui a poussé le célèbre aviateur à leur faire une dédicace sur un livre du *Petit Prince* qu'ils avaient en leur possession (et non l'exemplaire personnel de Saint-Exupéry), sans que l'on puisse savoir exactement comment.

Qu'est-il réellement arrivé à Antoine de Saint-Exupéry ?

Le commandant Saint-Exupéry a disparu au cours d'une mission de reconnaissance, le 31 juillet 1944, dans le sud de la France. À bord de son Lockheed P38 Lightning modifié, il devait survoler la vallée du Rhône, avant de passer par Annecy et de faire un retour par la Provence. A-t-il été abattu ? S'est-il crashé à cause d'une panne, ou d'une erreur de pilotage ? Pendant des décennies, personne n'a jamais su ce qu'il était devenu.

Puis un jour, en 1998, un pêcheur marseillais trouve une gourmette en argent dans ses filets, avec les inscriptions « Antoine de Saint Exupéry (Consuelo) c/o Reynal and Hitchcok Inc., 386 4th Ave., N.Y.C. USA ». Consuelo étant le prénom de l'épouse argentine de l'aviateur, et l'adresse correspondant à celle de l'éditeur américain qui a publié la version anglaise du *Petit Prince* en 1943. Des fouilles dans cette zone de la Méditerranée sont effectuées, et un plongeur, Luc Vanrell, se rappelle avoir repéré une épave non fouillée entre Marseille et Cassis, au pied des falaises de l'archipel de Riou… En mai 2000, grâce à

l'aide du spécialiste Philippe Castelano, il reconnaît une pièce spécifique permettant d'identifier l'avion de Saint-Exupéry. Une partie de la carcasse est remontée à la surface en 2003. Elle est alors authentifiée grâce à un numéro de série. En revanche, les morceaux de l'avion retrouvé ne présentent aucun impact de balles ou d'explosion…
En 2008, un ex-pilote de la Luftwaffe, Horst Rippert, affirme avoir abattu un P38 non loin de Marseille, le 31 juillet 1944… Ce témoignage, même s'il n'est étayé par aucune preuve matérielle, concorde parfaitement avec les faits. La dernière personne à avoir vu l'aviateur vivant serait son mécanicien, appelé Charles Suty (et non Joseph Caron). Quoi qu'il se soit vraiment passé, Saint-Exupéry a donné sa vie pour la France et pour la liberté, cette liberté qu'il chérissait plus que tout au monde. Il a disparu à l'âge de 44 ans, et son corps n'ayant jamais été retrouvé, il ne repose pas au Panthéon, à Paris… mais une plaque y rappelle sa mémoire.

Comment s'est réellement déroulée la libération de la basilique de Marseille ?

Au matin du 25 août 1944, l'assaut est donné pour libérer la « Bonne Mère », symbole fort et position stratégique de la cité phocéenne. La principale attaque est confiée à la 1re compagnie du 7e R.T.A., sous les ordres du lieutenant Pichavant. Positionnés sur les hauteurs de Marseille, les Allemands se défendent par des tirs précis et incessants.

À midi, les troupes françaises sont bloquées, elles ne parviennent pas à s'engager dans la montée de l'Oratoire. Cinq chars tentent de forcer le passage, le premier flambe, le second s'immobilise sur la première ligne de mines allemandes. Puis, c'est un événement inattendu : neuf lance-flammes allemands se déclenchent simultanément. Tentative d'intimidation ou erreur ?

Cette impressionnante mise à feu est suivie d'un temps mort… La section Audibert saisit ce répit inespéré pour gravir la montée qui les sépare de la Bonne Mère. Au même moment, un jeune civil, appelé Pierre Chaix-Bryan, guide d'autres soldats français, de la section Herbelin, à travers un passage dérobé, inconnu du grand public. Ils atteignent ainsi l'esplanade et prennent les Allemands à revers. Ils trouvent l'évêque, monseigneur Borel, réfugié dans la crypte avec les religieuses franciscaines.

De nombreux prisonniers allemands sont faits (74), et l'un des soldats monte en haut du clocher pour déployer un immense drapeau tricolore, fourni par l'évêque. Ainsi informée de la libération de leur « Bonne Mère », la population laisse éclater une puissante clameur dans toute la ville.

Il faut préciser que les F.F.I. n'étaient pas nombreux au cours de cet assaut militaire. Hormis l'intervention décisive de Pierre Chaix-Bryan, seuls deux autres résistants auraient accompagné la section Audibert : M. Pinto, tué dans la rue Vauvenargues, et M. Scorza, blessé dans la montée de l'Oratoire.

Certifié PEFC
Ce produit est issu de forêts gérées durablement et de sources contrôlées
PEFC
PEFC/18-32-94
www.pefc-france.org

Achevé d'imprimer en avril 2024
par Rotolito en Italie
N° d'édition : 24L0639
Dépôt legal : mai 2024